# DER LOTUSKRIEG
# LAST STORMDANCER

VON

# JAY KRISTOFF

Ins Deutsche übersetzt von
**AIMÉE DE BRUYN OUBOTER**

Die deutsche Ausgabe von DER LOTUSKRIEG: LAST STORMDANCER
wird herausgegeben von Cross Cult / Inh. Andreas Mergenthaler, Teinacher Straße 72,
71634 Ludwigsburg. Verlagsleitung: Luciana Bawidamann; Programmleitung Romane/
Sachbücher: Markus Rohde; Übersetzung: Aimée de Bruyn Ouboter; Lektorat:
Bernd Sambale, Kerstin Feuersänger; Korrektorat: Peter Schild; Satz: Rowan Rüster;
Leitung Vertrieb: Peter Sowade; Marketing: Jana Rahders;
Printausgabe gedruckt von CPI books GmbH. Printed in Germany.

Umschlag-Illustration: Luisa J. Preissler | www.luisapreissler.de
Clan-Logo-Design: James Orr

ISBN Paperback-Ausgabe: 978-3-96658-977-2 (Februar 2023)
ISBN limitierte Hardcoverausgabe 978-3-96658-979-6 (Februar 2023)
E-Book ISBN: 978-3-96658-978-9 (Februar 2023)

WWW.CROSS-CULT.DE

# INHALT

# WOLLTE ES
# DOCH REGNEN

Die Möwen rufen über der Bucht.

Ich sitze mit untergeschlagenen Beinen am Ende der achten Landungsbrücke und lausche ihnen. Zu viert ziehen sie ziellose Kreise am teerfleckigen Himmel – ich kann mich nicht daran erinnern, je so viele auf einmal gesehen zu haben. Ölige Wellen schwappen gegen die verrottenden Holzpfähle unter mir. Motorengeheul, Propellergeknatter und Lotusfliegengesumm lassen die blutrote Luft erzittern; ringsumher lärmen Zahnradgetriebe, scheppert Metall, schnattern Menschen. Doch ich habe mich in die Stille meines eigenen Kopfes zurückgezogen und höre zu, was die Möwen sagen.

Manchmal rede ich mit ihnen.

»Hallo«, sagt jemand hinter mir.

Ein Junge. Er spricht leise, und es klingt, als hätte er gerade erst aufgehört zu lachen und würde noch immer lächeln. Ich wende mich um und werfe ihm durch die dunklen Gläser meiner polarisierten Schutzbrille einen Blick zu. Hinter ihm am Himmel hängt wie ein glühendes Stück Kohle die untergehende Sonne und taucht alles in grelles Licht. Der Junge ist kaum mehr als eine Silhouette.

Dass er zu dünn ist, sehe ich trotzdem. Seine schmutzigen, zerlumpten Kleider stinken nach dem blauschwarzen Smog, der wie eine Glocke über der Stadt hängt und die brennende Hitze zwischen den Häusern gefangen hält. Er schiebt sich die Schutzbrille auf die Stirn hoch und reibt sich die Augen. Das Weiße darin ist so rot wie bei einem Lotusjunkie. Unter seinen abgebrochenen Fingernägeln klebt schwarzes Schmierfett. Und doch hat er irgendetwas an sich ... Ich weiß nicht recht, wieso, aber in meinem Bauch flattern lauter Schmetterlinge durcheinander. Mir wird klar, dass ich ihn anstarre: die Linie seines Unterkiefers, die hohen Wangenknochen, die starken Hände. Also versuche ich, etwas zu sagen.

Wenn es mir bloß nicht die Stimme verschlagen hätte.

»Hallo«, bringe ich endlich heraus.

»Darf ich?« Der Junge deutet neben mich auf den Steg. Die Sonne hat das Holz ausgebleicht, der schwarze Winterregen hat es blassgrau gefärbt. Der Junge setzt sich die Schutzbrille wieder richtig auf, aber ich sehe noch, dass seine schwerlidrigen Augen haselnussbraun und wie die Spitzen von Naginata-Klingen geformt sind.

»Wenn du möchtest.« Ich zucke mit den Schultern und schaue wieder den Möwen zu.

Wäre ich eine Hofdame im Palast des Shōguns, würde ich jetzt meine geröteten Wangen hinter meinem flatternden Fächer verbergen. Ich würde ihn über die Kante hinweg anblicken, die Augen mit schwarzem Kajal umrandet und blau gepudert, und etwas Geheimnisvolles zu ihm sagen. Vom Palast aus kann man die ganze Stadt überblicken und die Nase so hoch in die Luft recken, dass man den Gestank der Abgase nicht riecht, die aus den Auspuffen der Stromgeneratoren und motorisierten Rikschas quellen. Doch wir sind nicht im Palast – der erhebt sich weit hinter uns auf dem Hügel –, und meine Augen sind nicht mit Kajal und blauem Puder geschminkt, sondern mit Schweiß, Staub und Asche.

Und etwas Geheimnisvolles will mir partout nicht einfallen.

Der Junge setzt sich neben mich auf den Steg, lässt die Beine über den Rand baumeln und hebt das Tuch, das er sich vor Mund und Nase gebunden hat, um ins teerschwarze Wasser zu spucken. Ich erhasche einen Blick auf seine Lippen, seinen Hals und die Drosselgrube zwischen seinen Schlüsselbeinen. Hinter uns laufen Maschinen an: Zuerst stottern und husten sie, dann grollen sie wie Donner. Wir drehen beide die Köpfe und beobachten, wie ein Himmelsschiff ablegt und von den hohen Ankertürmen fortsteuert, die um die Bucht herum aufragen wie verrostende Metallzähne.

Das Schiff ist groß und behäbig, der Rumpf schwer gepanzert. Die Propeller schneiden durch die dicke, verpestete Luft. Auf den zigarrenförmigen Ballon ist der Kami des Tora-Clans gemalt: ein prächtiger Tiger auf der Pirsch. Seine Zähne und Krallen sind so scharf wie die Klingen der Daishō, die die eisernen Samurai an Deck in ihren Obi tragen. Zweifellos wollen sie nach Osten, nach Morcheba. Weitere Soldaten auf dem Weg in den ruhmreichen Eroberungskrieg gegen die widerspenstigen Gaijin-Barbaren. Zwischen den Halbmasken der Samurai sehe ich die ernsten Gesichter der jungen Bushimänner: neues Mahlgut für die Mühle. Rekrutiert aus den Armenvierteln und Barackensiedlungen: Man hat ihnen drei Münzen am Tag und Zugehörigkeit zum mächtigen Tora-Zaibatsu versprochen. Und natürlich einen so ehrenvollen

Grund, in die Schlacht zu ziehen, dass man dafür zu sterben bereit ist.

Das oder etwas Ähnliches muss mein Vater wohl geglaubt haben.

Ich wende mich ab.

Das Schlachtschiff fliegt über uns hinweg und verdunkelt die Sonne. Der Junge schaut noch zu ihm hoch, und ich betrachte unauffällig die einfache Tiger-Tätowierung auf seinem Bizeps. Seine kräftigen Muskeln zeichnen sich deutlich unter seiner Haut ab. Schnell gucke ich wieder weg: Er soll nicht denken, dass ich ihn anstarre. Wir gehören zum selben Clan. Dem Clan, der das Inselreich regiert. Tigerblut fließt durch unsere Adern.

Unter dem ganzen Dreck ist seine Haut so blass, dass ich erst dachte, er käme vielleicht aus dem Norden: aus Phönix-, Drachen- oder vielleicht sogar Fuchs-Gebiet. Kigen ist die Hauptstadt des mächtigen Reiches Shima, das Herz seiner Macht, und Clansleute aller vier Zaibatsu hocken in den Rauchhöhlen und Teehäusern und wimmeln durch Straßen und Gassen. Mein Vater hat immer gesagt, früher oder später würde jeder Mann seine Schritte nach Kigen wenden ... Doch dann hat der Krieg ihn verschlungen und meine Mutter gleich mit. Tagein, tagaus sitzt sie am Fenster unseres Anwesens und starrt mit leerem Blick nach draußen.

Sprechen tut sie gar nicht mehr. Aber nachts höre ich sie manchmal noch weinen.

»Darf ich nach deinem Namen fragen?«

Mein Blick ist auf die Bucht gerichtet, aber aus den Augenwinkeln sehe ich, dass der Junge mich anschaut.

»Tora Miho«, sage ich – zuerst kommt der Name meines Clans, dann meiner. So ist es Brauch. So ist es *schicklich*.

Wieder beobachte ich die Möwen, höre aber ihren Stimmen in meinem Kopf nicht länger zu.

»Miho-chan.« Er bedeckt die Faust mit der flachen Hand und verneigt sich ein wenig. Chan. Er will mich wissen lassen, dass er mich bezaubernd findet. Mein Mund ist plötzlich so trocken, dass ich nicht mehr richtig schlucken kann.

»Ich bin Tora Rei«, sagt er.

Auch er nennt zuerst seinen Clan, obwohl die Tätowierung auf seinem nackten Oberarm verrät, welcher Abstammung er ist. Wären wir bei Hofe, würde ich mich jetzt tief verneigen, wieder den Fächer flattern lassen und sagen ...

... aber wir sind nicht bei Hofe.

Rei greift in seinen Obi und zieht ein Tuch aus grobem Stoff hervor. Zwei Reiskuchen sind darin eingeschlagen. Sein Blick wandert über mein aufwendiges Tiger-Irezumi: Es ist sehr schön und spricht von Wohlstand. An meinem dreizehnten Geburtstag vor nicht einmal einem Jahr hat es mir ein stadtbekannter Künstler mit glitzernden Nadeln in die Haut gestochen. Mein Vater war von adliger Geburt, ein vermögender Mann von Rang. Manchmal wünschte ich, er hätte nicht so viel ausgegeben und das Irezumi wäre einfacher. In Kigen schaut man sehr genau auf die Tätowierungen anderer Leute.

Immer ziehen alle die falschen Schlüsse, wenn sie mich sehen.

Zwar kann ich *seine* Gedanken nicht hören, aber ich weiß trotzdem, was dem Jungen durch den Kopf geht. Armes kleines reiches Mädchen. So gelangweilt, dass es sich ein wenig im Hafenviertel herumtreibt – doch nur allzu bald wird es wieder den Hügel hinauf verschwinden, zu seiner Dienerschaft zurücklaufen, dem sauberen Wasser, den frischen Laken. Es gehört nicht hierher. Ich gehöre nicht ...

Der Junge hält mir einen der beiden Reiskuchen hin. Ich starre auf seine Hand hinab, dann in sein Gesicht. Er nickt und wedelt mit dem Kuchen in der Luft herum.

»Nimm schon.«

Wieder streift mein Blick seine Tätowierung: Sie ist das Werk eines Hinterhof-Tätowierers, mit einem rostigen Messer und verdünnter Tintenfischtinte gestochen. »Kannst du denn wirklich darauf verzichten?«

»Heute reicht mir einer«, sagt er lächelnd.

Also nehme ich den Reiskuchen. Kurz streifen sich unsere Finger.

»Was machst du hier?«, fragt der Junge mit vollem Mund und schaut wieder über die Bucht.

»Ich ... höre zu.«

»Wem?«

Den Möwen. Ihren Gedanken in meinem Kopf. Ich berühre die Geister der Tiere, die es in der Stadt noch gibt – obwohl zäh und blauschwarz Gift in der Luft wabert und am Himmel erbarmungslos die rote Sonne brennt.

Es sind nur noch so wenige. Keine Katzen oder Hunde. Keine Schafe, Kühe, Schlangen oder Mäuse. Nur ein paar Möwen mit brüchigen Federn, die klagend über die Bucht gleiten. Aasratten, die über das zersprungene Kopfsteinpflaster der Gassen und Durchschlupfe wimmeln und inmitten von Knochen zischend miteinander kämpfen. Verzweifelte, elende Spatzen in den Gärten des Shōguns, die nicht fliehen können, weil ihnen die Flügel gestutzt worden sind.

Das sind die Stimmen, denen ich zuhöre, obwohl ich sie nicht hören sollte. Aber das kann ich ihm nicht erzählen: Zwischen den Brandsteinen auf dem Marktplatz ist die Asche derjenigen verstreut, die dumm genug waren, von der Gabe des Gespürs zu erzählen. So wird es genannt, wenn überhaupt jemand wagt, darüber zu sprechen.

Die Gilde sagt, wir seien mit einem Makel behaftet. Unrein. Also lüge ich. »Ich höre dem Wasser zu. Dem Lied des Ozeans.«

»Es ist schön hier«, sagt er.

Aber das stimmt nicht. Die Bucht gleicht einem schwarzen Geschwür, an dessen Rändern schlickiger Kraftstoff klebt. Gestern haben die Gildenmänner die trägen Wogen angezündet, um die Rückstände abzubrennen, so gut es geht. Noch immer steigen Rauchschwaden auf. Auf meiner Haut klebt Asche. Kurz frage ich mich, ob der Junge blind ist – oder verrückt. Dann begreife ich, dass er versucht, *höflich* zu sein.

»Schätze schon«, sage ich.

Er beobachtet, wie das Himmelsschiff eine Schleife über der Stadt zieht und Kurs auf die Fronten in Morcheba nimmt. Hand über Faust verneigt er sich vor den entschwindenden Soldaten.

»Izanagi möge sie beschützen«, sagt er.

»Und was machst *du* hier?« Ich hebe eine Augenbraue, obwohl er das durch die Gläser meiner Schutzbrille nicht sehen kann.

Er zuckt mit den Schultern und murmelt mit vollem Mund: »Meine Schicht ist gerade vorbei.«

Ich deute auf die Chi-Raffinerie am Rande der Bucht: ein Gewirr aus verrosteten Rohren und riesigen Schornsteinen, die unaufhörlich Qualm in den Himmel speien. Über der Raffinerie ist er dunkler als über dem Rest der Stadt.

»Da arbeitest du?«

»Hai.« Er nickt. »Zumindest bis ich siebzehn werde.«

»Und dann?«

Er beißt wieder von seinem Reiskuchen ab und zeigt auf das Schlachtschiff, das eine breite Abgasspur hinter sich herzieht.

»Oh«, sage ich, und das Herz wird mir schwer.

Schweigend sitzen wir nebeneinander und schauen zu, wie die Sonne tiefer sinkt. Auf der Himmelsturmreihe hinter uns tummeln sich die Leute: Gossenkinder, Bettler, Geishas mit Papierschirmen, eiserne Samurai in ihren scheppernden, zischenden Rüstungen. Kaufleute feilschen mit Lotusmännern, fahrende Händler ruhen sich im Schatten billiger Sake-Schenken aus. Alle tragen Schutzbrillen, um ihre Augen vor der Sonne zu schützen, und Tücher vor Mund und Nase, um die Abgase nicht direkt einzuatmen, die überall schwer in der Luft hängen. Doch all das kommt mir weit entfernt vor. Verstohlen schaue ich den Jungen an, und die Schmetterlinge in meinem Bauch flattern heftig mit kupfernen Flügelchen. Hier am Ende des Landungsstegs scheint es, als seien wir die einzigen Menschen auf der Welt.

Unsere Schatten werden länger und strecken sich über das splittrige Holz nach den windschiefen Lagerhäusern mit ihren leeren, blinden Fenstern. Die Sonnengöttin beugt sich herab, um die Wellen zu küssen, und ich frage mich, wie es wohl wäre, sie zu sein – und der Junge neben mir wäre der Ozean.

Am Himmel rufen die Möwen.

Nur ich weiß, was sie sagen.

•••

Der Sommer ist mit aller Gewalt über Kigen hereingebrochen. Von der Bucht zieht der Gestank heran wie Morgennebel. Ich sitze im Schatten und warte auf meinen Rei.

Seit zwei Monaten treffen wir uns jeden Tag hier auf dem Landungssteg. Nie habe ich auch nur seine Hand gehalten, aber dennoch sitze ich nun hier, unterhalte mich mit den Möwen (drei sind noch übrig) und horche auf die Dampfpfeife der Raffinerie – das Signal, dass die Tagschicht vorbei ist und er bald hier sein wird.

Der Sonnenuntergang rückt näher. Jetzt kann es nicht mehr lange dauern ...

*Da!*

Unwillkürlich muss ich lächeln: Ich bin jung, lebendig – und verliebt, glaube ich.

Kurz darauf sehe ich ihn auch schon, wie er sich seinen Weg durch die Menge bahnt. Die Gläser seiner Schutzbrille sind mit Asche verschmiert, der Lumpen, den er sich vor Mund und Nase gebunden hat, ist beinahe schwarz. Endlich steht er vor mir, und an den Fältchen in seinen Augenwinkeln erkenne ich, dass er lächelt. Hand über Faust verneigt er sich so tief, als seien wir bei Hofe – er ein adeliger Herr und ich eine hochwohlgeborene Dame – und die ganze Welt liege uns zu Füßen.

Die Gilde gibt den Raffineriearbeitern keine Atemmasken, und Rei verdient nicht genug, um sich selbst eine kaufen zu können. Seine Augen sind blutrot, seine Haut ist grau. Ich bin nur zwei Jahre jünger als er, aber niemand, der uns zusammen sähe, würde das erraten: Rei ist sechzehn, keucht jedoch wie ein alter Mann, wenn er sich anstrengt. Die Raffinerie verschlingt ihn bei lebendigem Leib.

Das Geld, das mein Vater meiner Mutter und mir hinterlassen hat, bewahrt mich vor diesem Schicksal: Ich werde nie achtzehn Stunden am Tag für einen Bettellohn schuften und zusehen, wie meine Haut grau und immer grauer wird. Aber Reis Schwester ist erst zehn, seine Mutter hat Rußlunge, und die Raffinerie heuert immer Leute an. Ich habe versucht, Rei

Geld zu geben, aber er nimmt es nicht. Ich mache mir Sorgen um ihn. Was wird sein Stolz ihn kosten? Was tut die Arbeit in der Raffinerie ihm an?

Er vertreibt das Gefühl, dass ich nicht richtig da bin. Er bringt mich zum Lachen. Wenn ich in seiner Nähe bin, hebt sich das Gewicht von meiner Brust, und ich bin so fröhlich und furchtlos wie früher, als die Welt geheimnisvoll und ich noch ein Kind war.

Noch ein Kind?

*Götter, was bin ich denn jetzt?*

Er setzt sich zu mir auf den Steg, lässt die Beine baumeln und hebt das dreckige Tuch an, um ins schwarze Wasser zu spucken. Wie immer. Und wie immer lächele ich hinter meinem eigenen Tuch.

*Dummes Mädchen*, rufen die Möwen. *Bald ist er fort.*

*Bald ist alles fort.*

Ich runzele die Stirn und merke, dass ich heute nicht wissen will, was sie erzählen. Sie reden immer nur vom Sterben. Von dem verseuchten Land und der verpesteten Luft. Den endlosen Feldern, auf denen nichts als blutroter Lotus wächst: Die Wurzeln vergiften die Erde; die Blüten werden geerntet und zu jenem Kraftstoff verarbeitet, der alle Motoren und die Kriegsmaschinerie des Shōguns antreibt. Das ganze Reich, in dem ich lebe.

Aber ich gehöre nicht dazu. Habe nie dazugehört. Dass ich die Stimmen der Möwen überhaupt hören kann, sollte Beweis genug dafür sein.

*Still.* Ich flüstere in ihre Köpfe, ohne dass meine Lippen sich bewegen. *Nicht jetzt.*

Wenn ich ehrlich bin, muss ich sagen, dass sie der Falschen ihr Leid klagen. Ich habe keinen Einfluss. Ich kann nichts bewegen. Ich bin bloß ein Mädchen, so einsam wie sie, und dieser Junge ist meine einzige Freude. Also verschließe ich mich vor ihnen – es ist, als würde ich in meinem Geist eine Tür zumachen. Heute will ich kein Sonderling sein, anders als alle anderen. Bloß hier will ich sein. Auf dem Steg. Bei ihm.

Rei zieht zwei eingeschlagene Reiskuchen aus seinem Obi. Wie immer bietet er mir einen an, obwohl er weiß, dass ich keinen Hunger leide. Er dagegen bekommt heute sonst nichts mehr zu essen. Lächelnd schiebe ich seine Hand beiseite, und unsere Finger berühren sich, nur für die Dauer eines halben Atemzugs – in dieser Welt, in der ein ganzer einen umbringen kann. Ich fühle mich leicht, beinahe schwerelos. Spränge ich in die Luft, ich würde vielleicht einfach in den roten Himmel schweben ...

»Hast du heut schon ein Nachrichtenblatt in die Finger bekommen?«, fragt Rei. Er spricht immer mit vollem Mund.

Ich schüttele den Kopf. Ich lese die Nachrichten nie. Immer geht es nur um den Krieg, um Ruhm, Reinheit, Kinder mit dem Makel, die auf dem Richtplatz verbrannt worden sind, und um die Anzahl gefallener Rundaugen. Wer würde so etwas wissen wollen?

»Die Streitkräfte der Tiger haben den Widerstand der Gaijin am Gelben Pass beinahe gebrochen.« Rei blickt nach Osten über das Wasser, die Augen hinter dunklem, polarisiertem Glas verborgen. »Das Ende des Krieges ist in Sicht.«

»So heißt es seit Jahren.«

»Aber dieses Mal scheint es zu stimmen.« Er ballt die Fäuste. »Das haben sie im Rekrutierungsbüro gesagt. Götter, wenn ich keine Gelegenheit mehr habe zu kämpfen ...«

Zwar würde ich ihm das nie sagen, aber ich bete jeden Abend zum großen Schöpfer Izanagi, dass es so kommt.

»Dann erringst du eben auf andere Weise Ruhm.«

»Ach ja?« Leiser Ärger klingt in seiner Stimme mit. »Und wie? Indem ich weiter in dieser verfluchten Raffinerie schufte? Was ist daran ehrenvoll?«

»Du findest schon eine Möglichkeit, dich zu beweisen.« Ich lächele hinter meinem Tuch. »Ich glaube an dich.«

Er schüttelt den Kopf. »Im Inselreich macht ein Mann sich einen Namen, indem er dem Weg des Kriegers folgt. Treue, Ehre, Opferbereitschaft. Der Shōgun und die Gilde haben recht: Die Rundaugen müssen besiegt werden. Das Reich muss bestehen bleiben. Der Lotus muss blühen!«

Er hört diese Sätze im Rekrutierungsbüro. Mittlerweile kann er sie Wort für Wort nachsagen. Die Bushimänner in ihren sauberen Uniformen sind seine neuen Freunde. Sie tragen glänzende Schwerter am Obi, die noch nie eine andere Klinge gesehen haben, und sprechen nie von den Söhnen, die verstümmelt oder zutiefst verstört aus Morcheba zurückkommen. Oder von den Vätern, die gar nicht mehr heimkehren.

Kaum merklich rücke ich näher.

»Man kann auch auf andere Art und Weise kämpfen«, sage ich. »Und um andere Dinge.«

Da schaut er mich an, und ich will ihm die Schutzbrille abnehmen und ihm in die haselnussbraunen Augen blicken – bis auf den Grund seiner Seele will ich sehen. Vielleicht könnte ich so herausfinden, wie ich zu ihm durchdringen kann ... Aber die Sonnengöttin strahlt so hell, dass sie einen blind machen könnte. Es ist, als hätten wir ihr einen Schleier nach dem anderen vom Gesicht gezogen, und nun müssen wir uns blass und furchtsam vor ihrem Antlitz verbergen. Ich glaube, sie ist wütend auf uns.

»Außerdem«, sage ich und versuche, ungezwungen zu klingen, »würde ich dich vermissen, wenn du fortgingst.«

Die Lachfältchen in seinen Augenwinkeln sind zurück.

»Ich würde dich auch vermissen.« Er nimmt meine Hand, und da kann ich meine Füße nicht mehr spüren. Wir sitzen nebeneinander und schauen zu, wie die Sonnengöttin sich zur Ruhe bettet. Als sie den Horizont berührt, rutscht Rei noch ein bisschen näher und legt einen Arm um mich – und wenigstens vorläufig ist alles vollkommen, ist alles gut. Das rote Sonnenlicht bricht sich auf der Oberfläche des Meeres, und es scheint, als stünde die ganze Welt in Flammen.

Die Möwen rufen wieder.

Aber ich höre nicht hin.

•••

Hand in Hand gehen wir über den Marktplatz. Riesig ist er, und zwischen den unzähligen Ständen herrscht ein großes Gewimmel. Ich sehe Gewürzhändler und Kräuterkundige, Schlachter und Bäcker, Kleiderverkäufer und Tuchhändler. Um den Platz herum drängen sich Tempel, Rauchhöhlen und Geisha-Häuser. Gaukler buhlen um die Aufmerksamkeit der Menge, während Beutelschneider unauffällig ihrem eigenen Geschäft nachgehen. Überall bieten Männer mit Bauchläden Schutzbrillen feil, und in den Gossen hocken Bettler dicht an dicht. Die Gesichter der Menschen verschwinden hinter schmutzigen Tüchern und ascheverkrusteten Räderwerk-Atemmasken. Stadtwächter in roten Wappenröcken und eiserne Samurai in ihren zischenden Ōyoroi schieben sich zwischen den Leuten hindurch, die Hände auf den Griffen ihrer Schwerter. Das schlagende Herz Kigens. Und Rei und ich mittendrin, und die Menge wogt um uns herum.

Wir stehen an einem Imbiss und schauen zu, wie gebratener Tintenfisch und Nudeln in Reiscrackerschalen gefüllt werden, da fangen die Leute an zu rufen. Ein Tumult entsteht auf dem belebten Platz. Sofort verkrampft sich mein Magen, und mir schnürt sich die Kehle zusammen. Ich weiß, was das zu bedeuten hat.

Rei stellt sich auf die Zehenspitzen und schaut über die Köpfe der Menschen hinweg. »Die Gilde muss wieder wen erwischt haben ...«

Ich will den Kloß in meiner Kehle hinunterschlucken, aber es gelingt mir nicht.

»Komm, wir gucken zu!«, sagt er und zieht mich mit sich. Meine Füße sind schwer wie Blei, meine Augen voller Sand. Getuschel und Gemurmel ringsumher, aber ich höre nur ein einzelnes Wort. Sie zischen es, raunen es, stoßen es hervor – eine Kakofonie, die mir lähmende Furcht einflößt. Denn Rei hat recht, sie *haben* jemanden erwischt. Und als Nächstes erwischen sie vielleicht mich.

Jetzt sehe ich sie: Vier Gildenmänner zerren einen schwarz gekleideten Jungen zwischen sich her. Ihre Atmos-Panzer sind aus poliertem Messing und dunklem Gummi, die Helme gleichen Insektenköpfen. Gottesanbeterinnen. Ihre Augen sind vorgewölbt und leuchten so rot wie der Himmel über uns. Kolben, Kugelgelenke und Panzerhandschuhe. Räderwerk, Schwaden blauschwarzer Abgase und schwere Stiefel, die im Rhythmus eines Trauermarsches über gesprungenes Kopfsteinpflaster stampfen. Und der Junge in ihrer Mitte bettelt und schreit, aber was er sagt, kann ich nicht verstehen – die Menge brüllt jetzt wie im Fiebertaumel. Manche anklagend – das sind die Fanatiker –, andere unbehaglich.

»Unrein!«, schreien sie.

Immer weiter zieht Rei mich auf den Richtplatz zu. Er liegt einen halben Meter tiefer als der Markt. Vier rußgeschwärzte Säulen erheben sich daraus, eine für jede Himmelsrichtung. An ihren Basen sind Reisighaufen aufgeschichtet. Die verkohlten Eisenfesseln an den Säulen schwingen im Wind und klirren gegen den Stein. Asche wirbelt in der Luft. Mir ist so schlecht, dass ich dagegen ankämpfen muss, mich zu übergeben.

»Unrein!«

Die Gildenmänner schleppen den Jungen die Stufen hinunter, drängen ihn mit dem Rücken gegen die Nordsäule und schließen die schwarzen Eisenschellen um seine Handgelenke. Und er weint und fleht und sucht mit Blicken in der Menge nach jemandem, der ihm hilft. Einem einzigen wohlwollenden Gesicht.

Umsonst.

»Verbrennt den Unreinen!«, schreit der Mann neben mir und schaut mich an, um zu sehen, ob ich seine Begeisterung teile. Rei steht wieder auf den Zehenspitzen. Die Gildenmänner zitieren ihre heilige Schrift, ihre Stimmen summen und krächzen metallisch aus den Lautsprechern ihrer Helme. Sie predigen vom »Weg der Reinheit«. Davon, den Makel des Gespürs mit heiliger Flamme auszubrennen. Vom Bad des Schöpfergottes Izanagi, der rituellen Reinigung, aus der Sonne, Mond und Stürme hervorgegangen sind.

Wie oft habe ich das alles schon gehört? Ich weiß es nicht, doch von Mal zu Mal leuchtet es mir weniger ein. Ja, ich besitze die Gabe, aber wie füge ich dem Reich Schaden zu? Nie sage ich etwas gegen den Shōgun oder die Gilde; ich habe so viel Angst, dass ich überhaupt kaum je den Mund aufmache. Und trotzdem zieht dieses furchtbare Schauspiel die Leute an wie ein frischer Leichnam die Lotusfliegen – manche sind neugierig, andere abgestoßen, wieder andere glauben wahrhaftig daran, dass die Gilde das Richtige tut. Und mittendrin mein Rei.

»Ich will das nicht sehen«, sage ich.

Er wendet sich zu mir um, die Augen hinter den dunklen Gläsern seiner Brille verborgen, das Gesicht hinter seinem Tuch. Wir alle verbergen etwas.

»Warum nicht?«

»Weil ich nicht will. Bitte lass uns gehen.«

Er schaut sich nach den Brandsteinen um. Dort flammt ein helles Licht auf, orangerot.

»Bitte, Rei!«

»In Ordnung«, sagt er. »Verschwinden wir.«

Er hält meine Hand, und wir drängen uns durch die Menge. Ich versuche, meine Ohren vor dem Knistern des Reisigs zu verschließen. Durch den Mund zu atmen, um nicht zu riechen, in was der Junge sich verwandelt. Er schreit, gellend, und ich gebe mir die größte Mühe, die Worte nicht zu verstehen. Ich konzentriere mich auf Reis Hand in meiner. Hätte ich ihn doch nicht erst bitten müssen zu gehen! Wäre ich doch nicht hier! Einen Augenblick lang möchte ich wie sie sein – diese Leute, auf deren Brillengläsern sich die Flammen spiegeln und aus deren Mündern die Glaubenssätze der Gilde triefen – und nicht wie der Junge, der hinter uns auf dem Scheiterhaufen zuckt und kreischt.

Ich wollte, ich wäre nicht hier.

Ich wollte, dies wäre ein Albtraum.

Ich wollte, ich wäre nicht ich.

So wie es ist, ist es unerträglich.

•••

Vor zwei Monaten, vierundzwanzig Tagen und drei Stunden haben wir einander kennengelernt.

Vor sechzehn Minuten und vier Sekunden hat er mich zum letzten Mal geküsst.

Und nun bleiben uns nur noch ein paar Herzschläge, bis alles zu Ende geht.

Wir liegen im Dunkeln am Ende des Landungsstegs. Auf unserem Platz. Meine Wange ruht an seiner Brust, und ich lausche seinem Herzschlag. Er hat eine Hand in meinem Haar vergraben. Ich spüre noch seine Lippen auf meinen. Kühl streicht die Nachtluft über meinen verschwitzten Nacken. Sein Atem geht sacht und gleichmäßig. Ich habe meine Finger mit seinen verschränkt, und nichts anderes auf der Welt ist von Bedeutung. Nicht die Gilde. Nicht der Krieg. Nicht diese Stadt, die von innen her verrottet.

Wäre es doch nur so.

»Du bist so schön«, flüstert er.

Es steht zwischen uns. Mein Geheimnis – dieser Fluch, diese Gabe. Das, was ich bin. Selbst jetzt spüre ich sie, nah und fern: die Lebensfunken der wenigen Tiere, die es in der Stadt noch gibt. Was würde er sagen, wüsste er Bescheid? Wie kann ich mir einbilden, er liebte mich, wenn er mich gar nicht kennt? Oder ich liebte ihn, wenn ich nicht ehrlich zu ihm bin?

»Ich möchte dir etwas sagen«, wispere ich. »Nur hab ich Angst ...«

»Das musst du nicht.« Ich höre seiner Stimme an, dass er lächelt. »Du kannst mir alles sagen.«

Aber ich habe wirklich Angst. Dass seine neuen Freunde im Rekrutierungsbüro ihm schon zu lange mit Schlachten, Ruhm und Ehre in den Ohren liegen. Mit der unverbrüchlichen Treue zum Shōgun und seinen Gesetzen, zur Gilde und ihrer Glaubenslehre. Letzten Endes zählt der Einzelne nicht, sagen sie, ganz gleich, um wen es sich handelt. Nur die Nation. Nur das Reich.

Ich habe Angst, dass sie ihn verändert haben.

Und deshalb sage ich nichts. Wende mich lieber jener anderen Kluft zu, die zwischen uns liegt und mit jedem Tag ein wenig größer wird.

»Ich kann mir mein Leben nicht mehr ohne dich vorstellen«, flüstere ich. »Was soll ich nur ohne dich tun?«

Sein Atem stockt, und er spannt sich an. Er ist verärgert. Ich kann es spüren, obwohl er es nicht offen zeigt. Dieses Gespräch führen wir nicht zum ersten Mal.

»Miho, bitte fang nicht wieder damit an.«

Ich richte mich auf einen Ellenbogen auf und schaue ihm in die warmen, haselnussbraunen Augen. Sanft gewellte Wimpern umrahmen sie. Erst nach Sonnenuntergang bekomme ich sie zu sehen, wenn ihm die Schutzbrille um den Hals hängt. Nur hier. Im Dunkeln.

»Ich kann nicht ewig in der Raffinerie arbeiten«, sagt er.

»Du bist zu jung, um im Krieg zu kämpfen.«

»Nächste Woche werde ich siebzehn.«

»Aber ich will nicht, dass du gehst!«

»Spielt bloß keine große Rolle im Leben, was man will.«

»Und wenn wir zusammen fortgingen? Du und ich? Wir könnten deine Schwester mitnehmen und deine Mutter auch. Vielleicht könnten wir auf einem Hof arbeiten. Irgendwo weit weg von hier Lotus anbauen. Den Shōgun, den Krieg und die Gilde hinter uns lassen ...«

Da höre ich sie. Höre sie in meinem Kopf, obwohl das nicht sein sollte, dank jener Gabe, von der niemand weiß. Von der ich niemandem erzählen kann, nicht einmal diesem Jungen, den ich wahrscheinlich liebe. Immer seltener habe ich das Gespür eingesetzt, seit ich ihn getroffen habe; ich wollte normal sein. Ohne Makel. Doch jetzt höre ich die Gedanken der Möwen irgendwo in der Dunkelheit.

Sie *schreien.*

Es klingt furchtbar, es bohrt sich in meinen Geist. Ohne nachzudenken, springe ich auf, renne los und taste gleichzeitig mit meinen Sinnen nach ihnen. Sie fühlen sich anders an als die Aasratten, ich finde sie mit Leichtigkeit. Rei läuft hinter mir her und ruft mich – *Warte, halt an, wo willst du denn hin?* –, aber über die schreienden Möwen kann ich ihn kaum verstehen. Mein Kopf ist voller Angst, Zorn und aschgrauer Federn.

Ich schieße um die Ecke eines verfallenen Lagerhauses. Die kaputten Dachtraufen stehen vor wie ein schiefer Überbiss. Darunter stapeln sich alte Kisten, und auf der obersten stehen zwei Straßenjungen. Die Möwen fliegen ihnen um die Köpfe und kreischen. Die Jungen sind dreckig, schmächtig und verzweifelt, aber ihre Augen leuchten wie Feuerräder am Festtag des Schöpfergottes. Der größere greift unter die Traufe, und dann hält er einen Schatz in der Hand, ein Wunder aus verdrehten Zweiglein, Schilf und schwarzem Schlamm, in dem kleine helle Ovale liegen.

Ein Nest.

Und die Möwen schreien und schreien, und ich kann ihre Stimmen nicht ausblenden. Die beiden Jungen hungern, das sehe ich. Dünn wie Stöcke sind ihre Arme und Beine, ihre Kleider bloß Lumpen. Trotzdem kann ich nicht anders, als zu denken, wie selbstsüchtig wir alle sind. So viele Menschen gibt es, aber kaum noch etwas anderes. Keine Vögel mehr am Himmel und keine Fische in der Bucht. Keine Katzen, Kühe, Schweine oder Tauben. Nur Leute, Leute, Leute und die Welt, die wir zerstört haben, blauschwarz vernebelt von unseren Maschinen. Und noch immer denken wir bloß an uns. Sei's drum, ob diese Möwen die letzten wilden Vögel in der ganzen Stadt sind. Und diese Eier die letzten, die sie je legen werden.

»Lasst das!«, schreie ich. »Tut das Nest zurück!«

Der größere Junge schaut auf und sieht mich. Das Leuchten in seinen Augen erlischt, und er lächelt nicht mehr. »Zu den Höllen mit dir, Mädchen!«, zischt er. »*Wir* haben es gefunden! Es gehört uns!«

»Ich will es nicht. Lasst es einfach in Ruhe!«

»Und sonst?«

Rei kommt um die Ecke, verschwitzt und atemlos. Seine Lunge ist angegriffen – das hat die Raffinerie getan. Er hat recht, er kann dort nicht bleiben. Wir können beide nicht bleiben.

»Miho?«

»Rei, sag ihnen, dass sie das lassen sollen! Sie sollen das Nest zurücktun!«

Die Möwen kreischen; ihre Schreie, scharf wie Glasscherben, zerschneiden die Nacht. Ich flüstere ihnen zu, dass alles in Ordnung kommt: Rei wird helfen. Er wird die Jungen dazu bringen, das Nest in Ruhe zu lassen, und alles wird ...

Er schaut mich an, die Augen verengt, und runzelt die Stirn, und mit jedem Moment, der verstreicht, sieht er düsterer aus.

»Das sind bloß Vögel, Miho«, sagt er.

»Rei, bitte sag ihnen, dass sie das Nest nicht anfassen sollen!«

»Warum? Wen kümmert es?«

»Mich!«

Er wirft den Jungen einen Blick zu. Sie sind von den Kisten heruntergeklettert und schon im Begriff, sich feixend mit ihrer

Beute davonzustehlen. Und die Möwen schreien, schreien in meinem Kopf. Vielleicht könnte ich mich vor ihnen verschließen, wenn ich es wirklich versuchen würde, aber mir ist, als *sollte* ich ihnen zuhören – nur die Götter wissen, ob irgendjemand sonst es je tun wird.

»Bitte!«

»Miho, lass es gut sein. Komm jetzt ...«

»Nein. Halt sie auf!«

»Miho ...«

»HALT SIE AUF!«

»Was ist denn los mit dir, verdammt noch mal?«

Ich wende mich ab. Ich kann ihn nicht anschauen. Kann nicht ertragen, dass er wird wie alle anderen. So blind. Oh, diese Stadt! Die Menschen darin. Ich wollte, es würde regnen. Es käme ein Sturm so gewaltig und grausam, dass er uns alle davonwirbelte. Den Lotus und die Gilde. Den Shōgun, seine Streitkräfte und dieses stinkende Loch im Herzen dieser verrotteten Nation. Wir sind so dumm. Wir haben keine Augen.

Ich strecke die Arme aus und rufe die Möwen. Sie landen auf mir und lassen die Köpfe hängen. Es sind einfache Geschöpfe. Zerbrechlich. Sie empfinden Verlust nicht wie wir: Die Erinnerung an das gestohlene Nest und die Schätze darin verblasst bereits in ihren Geistern. Aber *ich* erinnere mich. Ich fühle es für sie. Sie lassen sich von mir in die Arme nehmen. Meine Wangen sind nass, meine Lippen salzig. Ich sage ihnen, es kommt in Ordnung. Eines Tages wird alles hier fort sein.

Alles fort.

Rei starrt mich an. Die Vögel in meinen Armen sind ganz ruhig, besänftigt von meinen Gedanken in ihren Köpfen. Und ich blicke den Jungen an, den ich zu lieben glaube – jenen Jungen, der mir Reiskuchen anbietet, auf die er nicht verzichten kann; der spricht, als hätte er gerade erst aufgehört zu lachen; der mir das Gefühl gibt, er und ich seien die einzigen Menschen auf der Welt.

Er weicht vor mir zurück.

»Unrein«, haucht er.

Das Wort dringt mir wie eine schartige, verrostete Messerklinge in die Brust.

Sein bleiches Gesicht spiegelt Entsetzen, und ich erkenne seine Augen nicht wieder. Es sind die Augen eines Fremden. Eines Soldaten auf dem Weg in den Krieg. Er ist nichts weiter als ein Schwert in der Hand des Shōguns. Bloß noch einer von ihnen.

»Unrein ...«

Er wirbelt herum und rennt in die Nacht davon.

Die Möwen breiten die Flügel aus und schwingen sich in die Lüfte. Klagevoll rufen sie in der Dunkelheit, ohne recht zu wissen, warum.

Ich setze mich hin, schließe die Augen und höre ihnen zu.

Denn ich weiß es.

•••

Die Möwen rufen über der Bucht.

Ich sitze mit untergeschlagenen Beinen am Ende der achten Landungsbrücke und lausche ihnen. Nur noch zu zweit ziehen sie ziellos Kreise am teerfleckigen Himmel – bald wird es gar keine mehr geben. Ölige Wellen schwappen gegen die verrottenden Holzpfähle unter mir. Motorengeheul, Propellergeknatter und Lotusfliegengesumm lassen die blutrote Luft erzittern; ringsumher lärmen Zahnradgetriebe, scheppert Metall, schnattern Menschen. Doch ich habe mich in die Stille meines eigenen Kopfes zurückgezogen und höre zu, was die Möwen sagen.

»Bürgerin.«

Eine metallene Stimme, die wie Insektenflügel summt, wie ein ganzer Schwarm Zikaden. Ich muss nicht aufschauen, um zu wissen, wer mich angesprochen hat. Dass sie mich holen wollen. Wer ihnen gesagt hat, wo sie mich finden.

Messingstiefel donnern über ausgedörrtes Holz, grelles Sonnenlicht bricht sich auf Metall. Ein Gildenmann bleibt neben mir stehen, bückt sich und ergreift mich am Arm. Die Kolben, die Zahnräder und das blutrote Chi machen ihn so stark. Und da überkommt mich Furcht, denn ich weiß ja, wo sie mich hinbringen werden, was mich erwartet. Weiß auch, dass ich zu jung zum Sterben bin und dass es so, wie es ist, nicht sein dürfte.

Wieder bete ich um Regen.

Einen Gewittersturm, der alles hinfortspült.

Sie ziehen mich in die Höhe, und ich halte mit Mühe die Tränen zurück. Die Sonne strahlt so hell am Himmel, dass ich nichts sehen kann, aber ich spüre die Möwen über mir. Klagevoll rufen sie. Und mit der Gabe, die ich nicht besitzen sollte, sage ich ihnen, dass alles in Ordnung kommt. Nichts währt ewig. Nicht einmal dies.

Sie verstehen nicht. Die Gildenmänner führen mich zwischen sich die Himmelsturmreihe entlang auf die Brandsteine zu, und eine Menschentraube sammelt sich um uns. Die Augen der Leute glimmen hungrig hinter dunklem Glas, und sie murmeln jenes abscheuliche Wort.

»Unrein.«

Ich kämpfe das Entsetzen nieder, klammere mich an das Lied der Möwen, aber je weiter sie mich von der Bucht wegzerren, desto leiser wird es in meinem Kopf. Bald kann ich es nicht mehr hören. Und was dann? Das weiß ich nicht.

Ich weiß es nicht.

Ganz kurz sehe ich ihn in der Menge. Er trägt den roten Jun-Baori eines Tora-Soldaten und umklammert einen glänzenden neuen Naginata. Er schaut mich an, und sein Gesicht ist blass, und ich frage mich: Würde er jetzt etwas sagen, was wäre es wohl? Und würde seine Stimme klingen, als hätte er gerade noch gelacht?

Vor mir ragen die Steinsäulen auf, hoch und rußschwarz.

Die Menschen drängen sich um den Richtplatz, hungrig wie Wölfe, die bellen und heulen.

Ich aber höre den Möwen zu.

Nur die Möwen kann ich hören.

Und sie schluchzen.

# LAST
# STORMDANCER

*Auf meiner Zunge Blut.*
*Vor meinen Augen ein roter Schleier.*
*In meinem Herzen Zorn.*
*Ich stoße hinab, und der Wind peitscht mir in die Augen.*
*Die Flügel habe ich angelegt; kleine, verästelte Blitze zucken*
*knisternd über meine Federn. Den Schnabel weit aufgesperrt,*
*kreische ich, so laut und schrecklich wie das Unwetter selbst.*
*Immer wieder flammt der düstere Himmel grell auf. Hinter*
*mir ziehen sich schwarze Wolken zusammen, als wäre ich eine*
*Schauspielerin, die zum letzten Mal vor den Vorhang tritt. Ich*
*packe ihn. Er packt mich. Unsere Greiffüße verschränken sich.*
*Mein Freund. Mein Feind. Unser Gefieder ist rot gesprenkelt, ein-*
*zelne Federn flattern hinter uns her. Wir hacken nacheinander,*
*krallen, fauchen, schnappen. Stürzen.*
*Die Berge springen uns entgegen. Aus Nebel und Rauch staken*
*ihre zerklüfteten Spitzen hervor. Wie schneebedeckte Fangzähne*
*sehen sie aus, die uns in Stücke reißen werden. Dennoch ringen*

*wir weiter: Mein Zorn und mein Hass ketten uns aneinander. Weder er noch ich sind willens, voneinander abzulassen. Erst im letzten Moment kämpft er sich in einem Schauer von Blut frei. Ich breite die Schwingen aus, der Wind packt sie und zerrt daran. Nur gedämpft spüre ich die Wunden, die er mir geschlagen hat. Stets waren wir einander ebenbürtig. Auch früher schon, als wir noch beinahe Nestlinge waren und blassgrau die Streifen in unserem Fell. Wir sind nicht verwandt. Und doch ist er mein Bruder.*

*Und nun mein Feind.*

*Im wispernden Schneeregen umkreisen wir einander. Er ruft, seine Stimme laut wie der Gewittersturm, und mein Blut färbt seinen Schnabel.*

»Koh, hör auf! Das ist doch heller Wahnsinn ...«

»Es kann nur auf eine von drei Weisen enden«, *knurre ich zwischen zwei Donnerschlägen.*

»Ich bin der Khan!«, *brüllt er.* »Und das Wort des Khans ist Gesetz!«

»Dann töte mich!«

»Niemals!«

»Dann stirb!«

*Durch den Sturm schieße ich auf ihn zu. Ringsherum herrscht Chaos: Unsere Rudelgefährten auf den Berghängen und Felsspitzen kreischen, rufen durcheinander und wenden keinen Blick von dem Drama, das sich hier am Himmel abspielt. Schwer hängt das Wissen in der Luft, dass der Sieger dieses Kampfes über unser aller Zukunft entscheiden wird: Bleiben wir und ziehen gegen die Lotusgilde zu Felde, gegen ihr Gift, ihre Lügen? Oder kehren wir diesen Inseln auf ewig den Rücken und überlassen alle, die bleiben, ihrem Schicksal?*

*Wie brennende Kometen prallen wir aufeinander. Ich schlage meine Klauen in seinen Leib, er reißt an meiner Schulter. Blut spritzt, röter als die elende Sonne, und wir knurren, kreischen, jaulen. Blitze fahren zischend herab, seine Augen glimmen in ihrem kalten Licht. Wieder stürzen wir auf die steinernen Reißzähne zu. Sein Schnabel schließt sich um meine Kehle und meiner um seine.*

**Mein Freund. Mein Feind. Mein Khan.**

*Wie hat es so weit kommen können?*

••●

Neunundneunzig Jahre waren seit der Gründung der Kazu-mitsu-Dynastie ins Land gegangen, da kam mitten im Frühling ein achtzehnjähriger Junge auf den höchsten Gipfel der Vier Schwestern gehinkt.

Nicht der eindrucksvollste Anfang, das gebe ich gern zu. Niemand wird deswegen aufspringen und erschrocken die Hände vor den Mund schlagen. So sollte eine Heldensage wohl nicht beginnen. Doch falls du nun enttäuscht bist, Affenkind, führe dir dreierlei vor Augen:

Erstens sind die Vier Schwestern die höchste Gebirgskette im Herrschaftsgebiet des Tiger-Clans, ja im ganzen Inselreich. So gewaltig sind sie, dass sie selbst in den wärmsten Sommermonaten zur Hälfte mit Schnee bedeckt sind. Damals waren sie die Heimat meiner Art – der Donnertiger oder, wie einige von euch sagen, der Arashitora –, und der höchste Gipfel war der Thron des Khans, unseres Herrschers.

Kleine Affenkinder wie du waren dort nicht willkommen.

Natürlich waren uns bereits in der Vergangenheit Besuche abgestattet worden – vorwiegend von Samurai, die in plumpen Nachbildungen von Vögeln ohne Schwingen den Berg hinaufgeflogen kamen und unsere stärksten Männchen um eine Audienz ersuchten. Sie trugen Stahl in den Händen und Feuer in den Herzen. Diese stolzen Männer strebten danach, auf einem

Donnertiger in die Schlacht zu reiten. Anscheinend glaubten sie, wir seien den elenden Lasttieren gleich, die am Fuß der Berge in den Feldern keuchten und schnauften. Sturmtänzer wollten sie sein. So nannte dein Volk jene Krieger, die einst gemeinsam mit den Donnertigern kämpften. Der letzte Sturmtänzer war schon seit Generationen tot, und die Geschichten, die sich um seine Taten rankten, glichen eher Legenden als historischen Wahrheiten. Und doch gab es keinen Mangel an unerschrockenen Affenkindern in eisernen Rüstungen, die sich auf den höchsten Gipfel wagten, in der Hoffnung, ihren eigenen Namen unsterblich zu machen.

Den höflichen unter ihnen verpassten wir als Andenken ein paar Narben und jagten sie fort. Die arroganten (und derer gab es viele) trugen wir hoch in den Himmel hinauf, und dann versuchten wir, ihnen das Fliegen beizubringen.

»Versuchten«, sage ich. Vielleicht fragst du dich, wie sie sich als Schüler machten?

Gewiss kennst du die Wendung: Es regnet junge Hunde. Jene Affenkinder, die am Fuß des Gebirges lebten, gebrauchten sie nie. Wenn der Regen wie eine Sturzflut niederging, wenn er auf ihre Dächer prasselte, peitschte und trommelte, als würden die Götter selbst voller Zorn auf die Zedernholzschindeln einhämmern, dann sagten die Leute hier etwas anderes.

Sie sagten: Es regnet Samurai.

Das war das Erste, was du bedenken sollst. Nun kommt das Zweite: Der Junge ließ sich nicht zum Gipfel des Berges hinauftragen wie die meisten anderen. Weder hockte er in einem Nest aus Zweiglein, das an einer prall mit Wasserstoff gefüllten Blase baumelte – wie dumm von euch, in den roten Himmel aufzusteigen, nur um euch von einem launischen Blitz in Flammen stecken zu lassen! –, noch saß er in einer brummenden, stinkenden Rikscha oder auf dem Rücken eines beklagenswerten Pferdes, das in dem sonderbaren blauschwarzen Rauch schnaufte.

Nein, der Junge war zu Fuß gegangen. Den ganzen Weg von den Gesegneten Ebenen in den Landen der Kitsune. Beinahe eintausendfünfhundert Kilometer weit, mit nichts als einem lackierten Kiefernholzstab in der Hand und einem kleinen schneeweißen Winterspatzen auf der Schulter.

Und das Dritte, kleines Affenkind? Das Wichtigste von allem?

Der Junge war blind.

Das wirre Haar, das ihm ins Gesicht fiel, konnte die Leere seiner Augen nicht verbergen. Den wolkenweißen Film über Iris und Pupille. Er hielt den Kopf schief und starrte ins Nichts. Gekleidet war er in schweres schwarzes Tuch und zerlumpte Felle; seine abgetretenen Stiefel wurden bloß noch von Lumpen und Gebeten zusammengehalten. Viele Affenkinder trugen dieser Tage Schutzbrillen mit schwarzen Gläsern, der Junge jedoch nicht. Vermutlich war es dafür schon zu spät.

Schneeflocken umwirbelten ihn, klebten weiß in seinen Haarsträhnen. Schlank und drahtig war er nach der langen Zeit auf Wanderschaft. Im Flaum auf seinen Wangen glitzerte Frost. Der winzige Spatz kuschelte sich zitternd in seine Halsbeuge und blickte umher, die Äuglein unergründlich und schwarz wie die Mitternacht. Der Junge kam den Hang hinauf, und seine jämmerlichen Stiefel knirschten im Schnee. Zielsicher hielt er auf den höchsten Felsen zu, den Sitz des Khan. Davor blieb er stehen.

Ringsumher hockten auf Steinbrocken beinahe fünfzig Donnertiger; ein weiteres Dutzend schlich hinter ihm durch den Schnee. Das Affenkind konnte nicht wissen, dass es in die größte Versammlung von Arashitora seit Jahrzehnten gestolpert war. Der Khan hatte den Himmelsrat einberufen, wie es Brauch war, wenn eine Entscheidung von großer Tragweite zu treffen war. Von nah und fern waren seine Untertanen herbeigeeilt. An diese Zusammenkunft würden die Donnertiger sich lange erinnern.

Der Junge hatte nicht gerade den besten Zeitpunkt gewählt. Hier auf dem Gipfel drängten sich die Arashitora der Vier Schwestern, aus dem Iishi-Gebirge, aus Erdhimmel und von den Kogane-Inseln. Stolz und streitbar waren wir! Unsere Klauen glichen Messerklingen, und unsere Schnäbel waren ebenso scharf wie die Katanas der Affenkinder. Golden glommen unsere Augen, wie brennende Kohlen in einem Feuersturm. Wir hatten die Köpfe, Vorderbeine und Schwingen gewaltiger weißer Adler und die Hinterleiber prächtiger weißer Tiger. Streifen, schwarz wie die tiefste Nacht. Krallen, die Stein furchen und zerbrechen konnten. Und über uns stand jener Donnertiger, dem wir allesamt Respekt zollten.

Kriiai hieß er. In unserer Sprache ist das ein Wort für Wind (wir haben vierzehn). Die Donnertiger Shimas kannten ihn jedoch einfach als den Khan. Beinahe zwanzig Winter herrschte er nun schon, länger als alle seine Vorgänger. Er blickte auf den blinden kleinen Jungen hinab, der so unbekümmert auf den Gipfel spaziert und mitten in den Himmelsrat geplatzt war. Mit einem Ruck öffnete er die gewaltigen, knisternden Schwingen und sperrte den Schnabel weit auf. Wie scharf er war! Als könnte der Khan damit den Horizont zerteilen. Dann stieß er ein furchterregendes Brüllen aus, das den Fels erschütterte, und das blinde Affenkind erstarrte.

War es einmal so weit gekommen, dann begannen unsere Besucher gewöhnlich zu plappern und zu brabbeln. Sie fabrizierten Laute, die an rauschige Keiler erinnerten, und glaubten allen Ernstes, wir müssten sie verstehen. Als hätten Arashitora auch nur das geringste Interesse an der primitiven Sprache dieser Geschöpfe, die gerade erst von den Bäumen heruntergekrabbelt waren! Jedes dieser Affenkinder machte jedoch ein großes Gewese, warf sich auf die Knie und lallte, bis eins der jungen Männchen ihm eine Wunde schlug und es davonjagte. Entweder das, oder die Arashitora ließen es regnen.

Und nun dieser blinde Junge, der den steilen Berghang hochgekraxelt war, bloß mit einem winzigen Vogel auf der Schulter und einem Stöckchen in der Hand. Am ganzen dürren Leib zitternd, stand er da. Die Männchen ringsum knurrten und gruben ihre Klauen in den Stein. Ihre Empörung war nicht zu übersehen. Eindringling! Affenkind! *Beute!* Doch ich blickte auf den Jungen hinab und spürte, wie sich etwas in mir regte. Neugier? Eine leise Vorahnung?

Eigentlich gehörte es sich nicht – und doch fasste ich den Entschluss, dass *ich* den Jungen vertreiben würde. Im Laufe des Tages hatten sich die Gemüter erhitzt. Wenn ich ihn ein wenig bluten ließ, würde er glimpflich davonkommen. Die zornigen Männchen hingegen würden ihn vielleicht ohne viel Federlesen vom Berggipfel stoßen.

Also sprang ich von meinem Steinbrocken zur Linken des Khans und brüllte, die Schwingen drohend gespreizt. Um den Jungen herum stob der Schnee auf. Er zuckte jedoch nicht einmal zusammen. Er zitterte, doch bloß vor Kälte, nicht vor Furcht. Das befremdete mich und – schlimmer noch! – ließ mich vor den Meinen schwach aussehen. Mein Nackengefieder stellte sich auf.

Ich würde diesen Jungen lehren, was Angst war!

Blitzschnell griff ich an. Ich wollte ihm die scharfe Kante einer Klaue über die frostweiße Haut ziehen. Tief würde die Wunde nicht sein, er würde nicht daran sterben. Er sollte sie bloß für den Rest seines Lebens spüren und sich daran erinnern, warum Bescheidenheit eine Tugend war.

Doch der Junge wich aus.

Schneller, als ein Blitz in die Erde fährt, schneller, als ich blinzeln konnte, war er an mir vorbei und schlug mir mit seinem lackierten Kiefernholzstock aufs Hinterteil. Nur ein einziges Mal. Das Geräusch war lauter als der Donner.

Einen Augenblick lang rührte sich niemand. Meine Rudelgefährten tauschten ungläubige Blicke. Dann breitete sich grimmige Belustigung unter den Anwesenden aus, spiegelte sich in unzähligen bernsteingelben Augenpaaren. Roter Zorn loderte in meiner Brust. Oh ja, ich würde ihm eine Lektion erteilen – aber nicht, indem ich ihm ein paar Narben zufügte: Das Fliegen würde ich ihm beibringen! Hoch in den Himmel wollte ich ihn tragen, und dann würden wir ja sehen, ob seine maßlose Arroganz ihm Flügel verlieh! Er mochte blind und jung sein, aber sterben würde er trotzdem.

Mein Gebrüll brachte den Berg selbst ins Wanken. Es hallte von den umliegenden Hängen wider. Solch ein Brüllen konnte Lawinen auslösen, konnte große Brocken Eis abbrechen und in Felsschluchten stürzen lassen. Alle Vier Schwestern erbebten. Ich stieg auf die Hinterbeine und streckte die Greiffüße nach dem Jungen aus. Packen würde ich ihn und schütteln wie einen Sack voller Blut und Knochen ...

*Halt ein, ich bitte dich!*

Eine Stimme in meinem Kopf. Sanft wie der Frühlingswind, der über junge Knospen streicht. Noch nie zuvor hatte ich so etwas gehört.

*Ich wollte dich nicht kränken, großer Arashitora. Bitte vergib mir.*

Ich verengte die Augen. Schüttelte den Kopf. Zersplitterte mit den Klauen das Eis unter meinen Füßen. Der Junge stand vor mir, die Hände ausgebreitet, den Kopf noch immer schief gelegt. Zwischen uns stieg unser Atem in weißen Wolken auf. Eine unerschütterliche und zugleich verstörende Gewissheit erfüllte mich: *Seine* Stimme war es, die ich in meinem Geist hörte.

*DU* ... Kurz schaute ich zu meinem Khan auf. Zu den anderen Donnertigern, die ringsumher auf Steinbrocken standen. *DU BIST EIN BRUDER DER YŌKAI?*

Ein Raunen und Knurren lief durch den Himmelsrat. Staunend blickten die Ältesten den Jungen an. Dann sprach er erneut, ohne die Lippen zu bewegen. Und inmitten des tosenden Sturms meiner eigenen Gedanken waren seine wie lieblicher Vogelsang – eine Melodie, die ich noch nie vernommen hatte, jedoch zu kennen glaubte.

*Ich kann mit Tieren sprechen. Allerdings würde ich mir nie anmaßen, mit euch oder den anderen Geisterbestien blutsverwandt zu sein. Einer solchen Ehre bin ich nicht würdig.*

Ein tiefes Knurren stieg in meiner Kehle auf. *WER BIST DU?*

*Die Antwort auf diese Frage muss ich dir großenteils schuldig bleiben – ich fürchte, ich weiß es selbst noch nicht. Aber in den Landen des Kitsune-Clans, der Heimat meiner Mutter, nennt man mich Jun.*

Er schlug seinen schweren Mantel beiseite und zeigte mir seinen rechten Oberarm: Ein einfacher neunschwänziger Fuchs war darauf abgebildet. Es heißt, ihr Affenkinder schreibt euren Tätowierungen große Bedeutung zu. Deshalb sage ich dir gleich: Seine war nicht weiter erwähnenswert.

43

Wieder schaute ich zu meinem Khan hoch. Unsicher. Dann zurück zu dem Jungen. Er hielt die blinden Augen zu Boden geschlagen, als verbärge sich im Schnee ein Geheimnis.

*WAS WILLST DU, AFFENKIND?*

*Aha! Nun, diese Frage ist leichter zu beantworten, Ehrwürdiger.* Ein kleines Lächeln umspielte seine Mundwinkel. Ich glaubte, eine Spur Anmaßung darin zu erkennen. Er trommelte mit den Fingern auf seinem Stock.

*Ich will die Welt retten.* Sein leerer Blick wanderte von einem meiner Geschwister zum nächsten, als könnte er sie wirklich sehen. *Ich bin in der Hoffnung hergekommen, ihr würdet mir helfen.*

...

Drei Wächter knieten am Bett des fünften Shōguns der Kazumitsu-Dynastie. Sie waren gekommen, um dem mächtigen Satarō no Miya am Ende seines Lebens Gesellschaft zu leisten.

Einer von ihnen war der Tod selbst. Er beugte sich über das Bett und erschwerte dem alten Mann jeden flachen Atemzug, jeden stolpernden Herzschlag. Geduldig wie ein Fels wartete er, ein dünnes Lächeln auf den blutleeren Lippen. Nun würde es nicht mehr lange dauern.

Bald wäre es so weit.

Die anderen beiden waren die Söhne des scheidenden Shōguns, Tatsuya und Riku. Zwillinge, einer so schön wie der andere: Sie hatten Haut in der Farbe geschmolzenen Goldes, langes, tintenschwarzes Haar und herzförmige Gesichter mit sinnlichen Lippen, hohen Wangenknochen und unergründlichen Augen.

Sie mochten einander Ebenbild sein, doch unterschieden sie sich im Wesen wie die Morgen- und die Abenddämmerung. Riku war bei Hofe als der Bär bekannt: Er geriet leicht in Zorn, war meistens gereizt, hatte wenig Geduld und überhaupt keinen Humor. Tatsuya trug den Spitznamen der Bulle: Er war stur und resolut – und falls man den Gerüchten Glauben schenken durfte, bestieg er alles, was nicht bei drei auf den Bäumen war. Und doch war das Gebaren der beiden jungen Männer majestätisch. Sie strahlten Zuversicht und Selbstgewissheit aus – Geburtsadel, durch und durch.

Sie hatten ihre Mutter auf dem Gewissen.

Die Herrin Eri hatte ihr Leben bei der Geburt der Zwillinge ausgehaucht und saß daher nicht mit ihren Söhnen am Sterbebett ihres Mannes. (Es wird mir wohl ewig ein Rätsel bleiben, weshalb der Schöpfergott euch Affenkindern versagt hat, Eier zu legen und eure Jungen auszubrüten.) Ihr dramatisches Hinscheiden war der Ursprung des Dilemmas, das Shōgun Satarōs Minister seit nunmehr zwanzig Jahren quälte: Der Tod der Herrin Eri hatte großen Kummer ausgelöst (stell dir schluchzende Frauen vor, die auf den Knien liegen und sich die Haare raufen), und darum konnte keine der vielen Hebammen mit Gewissheit sagen, welcher Zwilling als Erster das Licht der Welt erblickt hatte, Tatsuya oder Riku. Der Schöpfergott Izanagi bestimmte höchstselbst den Herrscher des Inselreichs, daher wagte bei Hofe niemand, den Erstgeborenen zu benennen, sich zu irren und damit seinen Zorn zu erregen.

Folglich waren Tatsuya und Riku einander gegenüber stets ... wachsam.

Zu sagen, Bulle und Bär verabscheuten einander, wäre nicht besonders mitfühlend gewesen. Aber widerstrebte es ihrem Vater, so kurz vor seiner Berufung vor den großen Richter noch die falsche Wahl zu treffen? Eine maßlose Untertreibung. Glatt gelogen hingegen wäre, weder Tatsuya noch Riku brächten es jemals über sich, den eigenen Bruder umzubringen, um die unumschränkte Herrschaft über das Inselreich an sich zu reißen.

Wie gesagt: Die Brüder waren wachsam in Gegenwart des jeweils anderen.

Natürlich war ich nicht dort. Ein zwei Tonnen schwerer Arashitora im Gemach des Shōguns wäre nicht unbemerkt geblieben. Du fragst dich, wie es kommt, dass ich dir dennoch davon berichten kann? Zerbrich dir nicht weiter den Kopf, Affenkind, denn ich will es dir verraten.

Der Tod hat es mir erzählt.

»Meine Söhne ...« Die Stimme Satarōs war schwach, und blutiger Speichel färbte seine rissigen Lippen. Tatsuya und Riku knieten einander gegenüber, den Futon ihres Vaters zwischen sich. Jeder hielt eine Hand des sterbenden Shōguns. Nun beugten sie sich über ihn und atmeten pflichtschuldig den Gestank nach Krankheit und Bettpfanne ein.

»Wir sind bei Euch, Herr Vater«, sagte Tatsuya.

»Was können wir für Euch tun, Shōgun?«, fragte Riku.

»Nur eins«, wisperte der Alte.

»Was wünscht Ihr?«, fragten die Zwillinge.

»Vergebt ...«

Mühsam holte der Shōgun noch einmal Atem.

Seufzte leise.

Und verstarb.

So rasch, wie man blinzelt, sprang Riku auf und umklammerte den Griff seines Katanas. Tatsuya erhob sich langsamer. Tränen standen ihm in den Augen. Zwar wandte er keinen Blick von seinem Bruder, und seine Hand schwebte über dem Griff seines eigenen Schwertes. Aber das Zaudern war ihm anzusehen.

Also traf der Bär die Entscheidung.

Sirrend glitt seine Klinge aus der Scheide; gefalteter Stahl gleißte im Licht der Öllampe. Tatsuya zog seine Waffe nur einen Augenblick später – gerade noch rechtzeitig, um den Hieb seines Bruders abzuwehren. Funken sprühten. Heftig drang Riku auf Tatsuya ein, zielte auf seine Schläfe, seine Kehle, seine Brust. Jede Parade erzeugte einen anderen Ton, als spielten die Brüder gemeinsam eine Melodie, hell, strahlend und todbringend.

Selbst im Kampf sah man ihnen an, dass sie Zwillinge waren, denn sie spiegelten einander in ihren Bewegungen. Vorstoß, Ausfallschritt, Finte ... Im Nu waren sie außer Atem, und ihre Herzen rasten. Es ging um alles oder nichts: Der Sieger würde zum Shōgun der vier Throne aufsteigen und das Inselreich von der nördlichen Spitze Shabishiis bis zur südlichen Küste Seidais regieren, der Verlierer an der Seite des Vaters auf dem Scheiterhaufen brennen. Tatsuya duckte sich unter einem mächtigen Streich seines Bruders hinweg, wich dem nächsten aus und schlug dann Rikus Klinge beiseite – der Bär hatte sich zu weit vorgewagt. Doch anstatt Rikus Blöße auszunutzen, zischte Tatsuya durch zusammengebissene Zähne:

»Nicht so, Bruder!« Er deutete auf den Leichnam ihres Vaters. »Nicht hier!«

Rikus Gesicht war grimmig. Wieder stieß er zu, rasend schnell, und die stiebenden Funken glommen in seinen dunklen Augen. Wieder. Wieder. Das Katana tanzte in seiner Hand.

»Wir sollten diese Angelegenheit unter uns klären, Bruder«, sagte er. »Nur Ihr und ich ... ohne die ganze Nation im Rücken.«

Der nächste rasche Schlagabtausch. Wandschirme und kleine Tische stürzten um, Vasen zerbrachen. Funken, Speichel und Blut in der Luft.

Sie rangen nach Atem.

Starrten einander aus schmalen Augen an.

Stille.

»Zwar habt Ihr recht«, keuchte Tatsuya. »Doch wollt Ihr wirklich Euren Zwillingsbruder am Totenbett Eures Vaters erschlagen und sogleich den frisch verwaisten Thron besteigen?«

Riku warf einen Blick auf die Leiche des Mannes, der ihn gezeugt hatte. Über dem Bett hing das Porträt der Mutter, die gestorben war, um Tatsuya und ihn auf die Welt zu bringen. Einst hatte es nur Tatsuya und ihn gegeben; neun Monate lang hatte dieselbe warme Dunkelheit sie umfangen, hatte der Herzschlag des jeweils anderen sie eingewiegt.

Und nun?

Und nun ...

»Nein. Das will ich nicht.«

Riku trat zurück. Langsam ließ er sein Schwert sinken, den Blick unverwandt auf Tatsuya gerichtet. Der jedoch unternahm keinen Versuch, ihn zu überrumpeln, sondern senkte ebenfalls die Waffe und schaute auf den toten Shōgun hinab, dessen Leichnam bereits erkaltete. Mit dem Handrücken fuhr er sich über die schweißnasse Stirn.

»Wir verbrennen ihn«, sagte er. »Bestatten seine Asche. Trauern um ihn. Wie es der Anstand gebietet.«

»Und dann?«

»Und dann ...« Tatsuya blickte seinem Bruder in die Augen.

Sie sprachen gleichzeitig, ein einziges Wort, das zwischen ihnen in der Luft hing wie Blei.

»Krieg.«

•••

*Ich bin in der Hoffnung hergekommen, ihr würdet mir helfen.*

Unser Khan musterte den blinden Jungen von Kopf bis
Fuß. Ich fand erstaunlich, wie ruhig der kleine Winterspatz
auf seiner Schulter saß – trotz des Gebrülls, des Gewitters und
des heulenden Windes. Ihn schien dieselbe stille Zuversicht zu
erfüllen wie den Jungen. Der Blick seiner schwarzen Äuglein
streifte zwischen den Donnertigern umher, kehrte aber immer
wieder zu mir zurück.

– DIR HELFEN? –

Der Khan öffnete nicht den Schnabel, doch seine Worte
donnerten wie ein Sturm in unseren Köpfen. Auf geheimnis-
volle Weise hörten wir durch den Jungen seine Gedanken, als
brüllte er aus voller Brust.

– WARUM SOLLTEN WIR, AFFENKIND? –

Der Junge bedeckte seine Faust mit der flachen Hand und
verbeugte sich tief. Angespannt stand ich da – ich würde den
Schnee mit seinem Blut tränken, sollte er eine List im Sinn haben! Und tatsächlich zückte er nun seine Waffen – bloß waren
es nichts als Worte. Schlichte Worte. Wahre Worte.

*Ich bin weit gewandert, ehrwürdiger Khan. Ich habe mit den
flammenden Phönixen im Hogosha-Gebirge gesprochen. Mit den
Tanuki, den Henge, den Kappa und den mächtigen Meeresdra-
chen. Alle berichten von ein und demselben Leiden. Es ähnelt
einer Vergiftung. Junge kommen missgestaltet zur Welt oder –
schlimmer noch – werden tot geboren. Die Drachen treibt der
Kummer nach Norden, die Phönixe gehen gar daran zugrunde.
Und niemand kann sich erklären, was die Ursache ist.*

Mein Gefieder sträubte sich. Dieses Leiden kannten wir.
Auch ich trug schwer am Schmerz des Verlustes.

– ABER DU WEIẞT ES WOHL, AFFENKIND? –

Der Junge lächelte traurig. *Nicht mit Gewissheit. Aber ich
glaube, der beißende schwarze Rauch, der aus unseren Städten*

*aufsteigt, macht uns alle krank. Der Blutlotus, den wir Menschen pflanzen, wird unser Untergang sein. Wenn wir nichts dagegen tun.*

*– WIR? –*

*So hoffe ich. Ja.*

Der Khan breitete die Schwingen aus, sprang von seinem Thron und landete im Schnee vor dem seltsamen kleinen Affenkind. Ich hörte seine Knochen knirschen, sah seine vom Alter getrübten Augen. Bald würde eins der jungen Männchen ihn herausfordern, um seine Nachfolge anzutreten. Wandel stand bevor, wir alle spürten es. Meine Mutter hatte mich nach ihm benannt, lange bevor sie ...

Bevor ...

*– UND WOHER GENAU KOMMT DIESER RAUCH, DER KRANK MACHT? –*

*Die Lotusgilde bringt ihn hervor, mächtiger Khan. Ein Zusammenschluss von Händlern und Erfindern. Ihre Maschinen haben sie reich gemacht, und ihr Reichtum verleiht ihnen Macht und Einfluss. Viele Menschen sind auf ihrer Seite. Es kümmert sie nicht, dass der Rauch giftig ist.*

*– WARUM SOLLTE ES DANN UNS KÜMMERN? –*

*Weil diese Inseln auch eure Heimat sind.*

*– VIELLEICHT NICHT MEHR LANGE, AFFENKIND. WIR HABEN UNS HIER VERSAMMELT, UM RAT ZU HALTEN. –*

*Ihr haltet Rat? Worüber, ehrwürdiger Khan?*

*– DAS LEIDEN IST UNS WOHLBEKANNT. WIR HABEN GESEHEN, WAS ES ANRICHTET. ABSCHEULICH ... EIN SCHWARZES ÜBEL. DAHER ENTSCHEIDEN WIR NUN, OB DIE ARASHITORA FÜR IMMER VON HIER FORTGEHEN. –*

Das traf den Jungen unerwartet und erschütterte ihn. Nicht nur ein wenig, sondern bis ins Innerste. Es war, als sähe man eine starke Steinsäule bei einem Erdbeben schwanken.

*Ihr wollt Shima verlassen?*

– GEHT DICH NICHTS AN, AFFENKIND. DU HAST UNS NICHTS ZU SAGEN. WÄRST DU NICHT EIN BRUDER DER YŌKAI, DU WÜRDEST SCHON LANGE FLIEGEN. –

Der Spatz blickte in die Runde, und der Junge bewegte den Kopf mit ihm, als schaute auch er uns an. *Es muss doch einige unter euch geben, die es so sehen wie ich?*

Der Khan knurrte drohend. – WAS SIEHST DU DENN? GAR NICHTS! –

Ganz allein stand der Junge im Schnee, mehreren Dutzend Donnertigern gegenüber. Jeder einzelne hätte ihn zerreißen können. So weit fort von zu Hause, die Stiefel löchrig und seine Hoffnung auch. Und doch hielt der Junge das Haupt erhoben.

*Sehe ich wirklich nichts?*

– IHR SEID SCHULD AN DEM LEIDEN! UND NUN GLAUBT IHR, DIE ARASHITORA WÜRDEN ALLES WIEDER IN ORDNUNG BRINGEN? UND AUSGERECHNET DICH SCHICKEN DIE ANDEREN AFFENKINDER, UM UNS ZU ÜBERZEUGEN? DU BIST SCHWACH! UND BLIND! WIE KLÄGLICH. –

*Niemand schickt mich, ehrwürdiger Khan ... Abgesehen vielleicht von den Göttern selbst.*

– DIE SPRECHEN WOHL ZU DIR? –

*Einmal haben sie es getan. Meine Großmutter hat das Zweite Gesicht. Sie hat gesagt, ich würde das Inselreich retten. Das Leiden heilen. Sie hat Donnertiger an meiner Seite gesehen!*

– DANN IST SIE EBENSO BLIND WIE DU. –

*Du verstehst nicht ...*

– DOCH, AFFENKIND. ES SCHERT MICH NUR NICHT. –

Der Junge runzelte die Stirn, und dann verdüsterte sich seine Miene. Mir kam es vor, als hätte er eine Maske getragen, die ihm nun entglitten war. Seine Gelassenheit und seine ruhige Gewissheit zerschellten auf dem Eis, und darunter kam das Gesicht eines verwirrten und ängstlichen Kindes zum Vorschein. Es hatte geglaubt, sich auszukennen, sich aber dennoch verirrt.

*Aber ... ihr müsst mir helfen!*

*– ICH ALLEIN BESTIMME, WAS GETAN WERDEN MUSS! –*

Der kleine Spatz schaute zum Khan auf. Er zitterte in der frostigen Kälte. Der Junge machte einen Schritt auf den Khan zu, und die Donnertiger ringsum knurrten warnend.

*Bitte, mächtiger Khan! All dies wurde mir prophezeit. Ein Kind meiner ...*

*– VERSCHWINDE MITSAMT DEINER PROPHEZEIUNG, AFFENKIND! DAMIT KÖNNEN WIR HIER NICHTS ANFANGEN. –*

*Aber ich ...*

Das Gebrüll des Khans traf den Jungen wie ein Schlag ins Gesicht. Blies ihm die Haare aus den blicklosen Augen und besprühte seine blassen Wangen mit Speichel. Das Echo vibrierte in unseren Knochen. Heiße Atemwolken waberten in der Luft. Der Spatz verlor die Nerven: Panisch flatterte er auf und schoss kreischend davon – einem jungen Männchen namens Rahh direkt vor den Schnabel. Er war ein Freund von mir. Beinahe mein Bruder.

Blitzschnell schnappte er zu.

Und da kreischte der kleine weiße Spatz nicht mehr.

*Mikayo! Nein!*

Der Junge fiel auf die Knie und tastete mit beiden Händen im Schnee, bis er den zerbrochenen Leib des kleinen Vogels gefunden hatte. Das perlmuttweiße Gefieder hatte sich rot verfärbt. Der Junge drückte das tote Tier an seine Brust und machte Nonsens-Laute mit dem Mund. Tränen glitzerten in seinen weißen Augen.

*Warum hast du das getan?*

Rahh beugte sich über ihn. Sein Blick bohrte ein Loch in den Schädel des Affenkindes. Die Federn hatte er drohend gespreizt. *\* MACH, DASS DU FORTKOMMST, AFFENKIND! RUNTER VON UNSEREM BERG. \**

*Sie war meine Freundin ...*

*\* DU WILLST NICHT? DANN FLIEG MIT MIR. \**

Rahh bäumte sich auf: Er wollte den Jungen packen und ihn davontragen. Donner krachte am Himmel, und die Arashitora knurrten grollend. Doch ehe mein Bruder, der nicht mein Bruder war, den Jungen fassen konnte, rief ich in unserer Sprache: »Warte!«

Rahh erstarrte in der Bewegung. Er sah mich an, und seine bernsteingelben Augen blitzten mordlüstern.

*»Er hat mich mit seinem Stock geschlagen!«* Ich schlich näher, grub die Klauen tief in den Schnee. *»Ich will ihn das Fliegen lehren!«*

Fragend sah Rahh unseren Khan an. Ich hatte kein Recht, in dieser Angelegenheit meine Stimme zu erheben, geschweige denn Forderungen zu stellen. Doch der alte Greif musste zugestimmt haben (dieser Tage war er oft nachgiebig gestimmt), denn Rahh neigte den Kopf und wich zur Seite.

*»Treib ihm die Frechheit aus!«*, knurrte er.

Und so ergriff ich das Affenkind an den Schultern, das noch immer den toten Spatzen an die Brust drückte, breitete die Schwingen aus und schwang mich in die Lüfte.

•••

Die Herrin Ami kniete neben ihrer Schwester Mai im saalartigen Vorzimmer der Trauerhalle. Lange Amulette aus schneeweißer Seide hingen von der hohen Decke bis zum Boden herab. Tausende parfümierter Kerzen erhellten den Raum, auch sie totenweiß. Zwei Dutzend Dienstmädchen lagen hinter Ami und Mai im stillen Gebet auf den Knien, die Stirn auf die Dielen gedrückt.

Die Schwestern waren so reglos wie Statuen. Ihre Gesichter waren knochenbleich geschminkt, die Augen mit Kajal umrandet und das Haar kunstvoll frisiert: geknotet, geflochten und aufgesteckt. Gefasst ertrugen sie das Gewicht der zwölflagigen Gewänder in Trauerschwarz. Man hat mir gesagt, unter den Affenkindern seien sie Schönheiten gewesen. Vollkommen wie die ersten zarten Blüten des Frühlings. Nur ein Jahr trennte sie voneinander. Eine war das Spiegelbild der anderen in dunklem, stillem Wasser.

Die Gemahlinnen der Söhne des Shōguns. Schwestern, die mit Brüdern verheiratet worden waren. Ein recht passendes Arrangement, wie mir scheint – wenn man denn davon ausgehen kann, dass ihr Affenkinder irgendeine Angelegenheit mit Sinn und Verstand angeht.

Schwer hing der Duft der brennenden Kerzen in der Luft. Es wehten die Hymnen der Bettelmönche heran, die für die Seele des verstorbenen Shōguns beteten. Und jede Schwester wusste, nur eines stand zwischen ihr und dem Titel der Herrin Shimas: der Ehegatte der anderen.

Die Herrin Mai sprach zuerst. Nur ihre Lippen bewegten sich. »Herr Tatsuya sah heute Morgen ein wenig unpässlich aus, liebste Schwester.«

Die Herrin Ami blinzelte nicht. Atmete kaum. »Mein Gemahl befindet sich wohl, teuerste Mai. In Anbetracht der traurigen Umstände. Ich muss jedoch sagen, dass Herr Riku wie der Inbegriff guter Gesundheit wirkt.«

»Nicht wahr?«

Ami deutete ein Nicken an. »Dabei sollte man meinen, der Bär wäre eine Spur bleicher im Gesicht … Immerhin hat mein edler Gatte eine recht beachtliche Streitmacht um sich geschart.«

»In der Tat hat Herr Tatsuya sich als Meister der Bestechung und Erpressung erwiesen. Eine nützliche Kunst, so viel steht fest. Dennoch ist es eine Schande, dass er nicht kühn genug war, die Angelegenheit im Zweikampf zu entscheiden! Er hätte uns allen die Leiden eines Bürgerkriegs ersparen können.«

»Einige werden wohl leiden müssen«, pflichtete Ami ihr bei. »Wenn man bedenkt, dass unser Heer beinahe doppelt so groß ist wie das Eure. Und doch steht Herrn Riku nicht einmal der Schweiß auf der Stirn. Es ist wahrlich bewundernswert.«

Mais Lächeln war so schön wie der Sonnenuntergang. »Mein Herr und Gemahl weiß, dass man mit reiner Truppenstärke keine Schlachten gewinnt, liebste Schwester. Man braucht außerdem Geschick. Können.«

»Und sollte man nicht meinen«, sagte Ami und lächelte zurück, »dass dieses Wissen ihn erst recht ins Schwitzen bringt?«

Mai lachte freudlos auf. »Welch geschickte Wortfechterin Ihr doch seid, kleine Schwester!«

»Und doch lasst Ihr Euch immer wieder mit mir ein.«

»Ein Jammer, dass Ihr dasselbe nicht über den Bullen sagen könnt, nicht wahr?« Mai warf ihrer Schwester einen Seitenblick zu.

Die Herrin Ami biss die Zähne zusammen. Sie blinzelte einmal. Zweimal.

»Dazu habt Ihr nichts zu sagen?«, fragte Mai sanft. »Betrübt es Euch so sehr, dass Tatsuya-sama so wenig Zeit in Euren Gemächern verbringt? Ich dachte, Ihr hättet Euch längst damit abgefunden.«

»Wie könnt Ihr es wagen ...«, hauchte Ami.

»Sagt mir eins: Falls Euer Gemahl den meinen ermordet und auch mich beiseiteschafft – wird das Arrangement mit unseren Eltern dann bestehen bleiben? Oder wird der Bulle Euch durch seine wahre Liebste ersetzen? Vielleicht sollte ich sagen: durch seine derzeitige Liebste ...«

Amis Lippen zitterten. Sie drückte die Handflächen fest auf die Oberschenkel. Mit einem Mal fiel ihr das Atmen schwer. Unwillkürlich warf sie einen flüchtigen Blick zu den Dienstmädchen, die hinter ihr knieten. Tatsuyas gegenwärtige Favoritin, ein zierliches kleines Ding namens Chiyoko, hatte ihren Hinterkopf angestarrt. Nun senkte das Mädchen rasch den Blick.

Als sie wieder zu ihrer Schwester hinsah, hatte Mai ihr das Gesicht zugewandt. Die dunkel geschminkten Lippen formten ein Lächeln. »Übrigens«, sagte sie heiter, »werdet Ihr bald Tante.«

Die Türen der Trauerhalle schwangen weit auf. Die Klagelieder drangen nun lauter an Amis Ohr. Auf der Schwelle standen nun die Söhne des Shōguns, Herr Tatsuya und Herr Riku, Bulle und Bär, angetan mit schweren tintenschwarzen Rüstungen und umgeben von einer Heerschar Samurai und Bettelmönche. Hinter ihnen standen geduckte Diener, die zwischen sich die Totenbahre trugen.

Die Herrin Mai lächelte ihren Gemahl an, erhob sich anmutig und schwebte zu ihm. Herrn Rikus Miene war dem Anlass entsprechend düster, doch er beugte sich trotzdem zu ihr hinab und küsste sie auf die Stirn. Die Herrin Ami sah zu. Die beiden hätten Tatsuyas und ihr Abbild sein können und waren ihnen doch kein bisschen ähnlich.

Ihr eigener Gatte warf ihr einen Blick zu. Sie kniete noch auf dem Boden, benommen von dem Schlag, den ihre Schwester ihr versetzt hatte. Eine Hand auf den flachen Bauch gedrückt, blinzelte sie gegen die Tränen an.

»Kommt Ihr, Ami-san?«, fragte Tatsuya leicht verstimmt.

Sie atmete tief durch, erhob sich und ging zu ihrem Gemahl hinüber. Gab nicht zu erkennen, ob sie sah, wie er über ihren Kopf hinweg Chiyoko und die anderen Dienstmädchen anstarrte.

Der Leichenzug bewegte sich langsam aus der Trauerhalle und eine breite, lange Steintreppe hinab. Eine ungeheure Menschenmenge hatte sich zu beiden Seiten der Prachtstraße versammelt. Männer, Frauen und Kinder standen dicht an dicht, die Köpfe gesenkt. Allesamt trugen sie Trauer und hielten brennende Räucherstäbchen in den Händen. Nur die wenigsten wagten es, einen Blick auf die hochherrschaftlichen Söhne des Shōguns zu riskieren. Wie aus Stein gehauen waren die Gesichter der Brüder. Ihre Augen waren auf das Kopfsteinpflaster gerichtet. Ihre Hände lagen auf den Griffen ihrer Katanas. Die Herrin Ami war so bleich wie der Tod selbst. Die Lippen hatte sie zu einem Strich zusammengepresst. Zwar geziemte es sich nicht, zu einem solchen Anlass Gefühle zu zeigen, doch die junge Frau tupfte sich verstohlen die Augen ab.

Und die Herrin Mai?

Sie schritt neben Herrn Riku her, die Hände über dem Bauch gefaltet. Ihr Antlitz glich einer Maske, starr und kalt. Doch bisweilen schaute sie unauffällig ihre jüngere Schwester an, die auf der anderen Seite des Sarges ging. Ihr einst vollkommener Lidstrich war nun verschmiert.

Mai sah es und lächelte.

•••

Schlaff hing der Junge in meinem Griff, während ich mich höher und höher in den Himmel schraubte. Ich hätte die Klauen in sein Fleisch schlagen können, aber das war nicht nötig, denn er wehrte sich nicht – anders als die meisten anderen Affenkinder, die ich in einer ähnlich misslichen Lage beobachtet hatte. Er schnatterte und jaulte nicht, hielt bloß den toten kleinen Spatzen fest. Gefrorene Tränen hingen in seinen Wimpern.

*Ich begreife das einfach nicht.*

Wieder seine Stimme in meinem Geist, warm wie der Sommerwind.

*So hätte es nicht kommen dürfen.*

Ich schnaubte und schlug kräftig mit den Flügeln. Die Gebirgskette lag unter uns, schneebedeckt und atemberaubend schön. *WAS HAST DU DENN ERWARTET, AFFENKIND? DASS DU EIN STURMTÄNZER WIRST? EIN HELD? DU KANNST FROH SEIN, DASS DIE ARASHITORA DICH NICHT IN STÜCKE GERISSEN HABEN.*

*Was scheren mich Helden? Mir geht es um das Leiden. Es hat mir die Mutter genommen. Den Vater.*

Eiseskälte breitete sich in meinem Magen aus.

*Und mir ist es bestimmt, es aus der Welt zu schaffen.*

*BESTIMMT?*

*Meine Großmutter hat es prophezeit. Es ist mein Schicksal.*

*UNFUG.*

Der Junge sah nichts als Schwärze, schien jedoch dennoch auf die Bergspitzen und Täler unter sich zu blicken. Schroffe

Felsen, dunkle Erde und üppiges Grün, so weit das Auge reichte. Er öffnete die blutigen Hände und ließ den toten Spatzen fallen. Der kleine Kadaver trudelte davon, war bald nur noch ein winziger Punkt – und dann fort.

Der Junge sagte etwas: Affenkinderworte, die ich nicht verstand. Vielleicht ein Gedicht. Oder ein Gebet.

Wir stiegen höher.

*DIESES LEIDEN. HAT ES SICH WEIT VERBREITET?*

Der Junge zitterte in der eisigen Höhenluft. Wie leicht er war ... So schwach und weich. Benommen. Ich schüttelte ihn, um ihn zu sich zu bringen.

*ANTWORTE MIR, AFFENKIND!*

*Ja ... Es hat sich weit verbreitet. Und es rafft nicht nur Menschen dahin. Das habe ich vorhin zu erklären versucht ... Auch die meisten Yōkai können erkranken: Phönixe, Henge, Kappa und Drachen. Nur die Arashitora scheinen immun zu sein.*

*HUSTEN DIE KRANKEN SCHWARZEN SCHLEIM? SPUCKEN SIE BLUT UND STERBEN LANGSAM?*

Der Junge nickte. *Wir nennen es Rußlunge ... Aber woher kennst du die Symptome?*

*DIE ARASHITORA SIND NICHT IMMUN, AFFENKIND. AUCH WIR WERDEN KRANK. VIELE VON UNS. MEINE MUTTER, MEIN VATER, MEIN BRUDER ... MEINE GANZE FAMILIE, FORT. DIE SCHALEN UNSERER EIER WERDEN IMMER DÜNNER. BRECHEN NOCH VOR DEM LEGEN ODER SPÄTER UNTER DEM GEWICHT DER MUTTER BEIM BRÜTEN.*

*Aber ... warum will dein Khan dann nicht helfen? Warum habt ihr meine Freundin umgebracht?*

*DER KHAN FÜRCHTET EUCH AFFENKINDER. EURE MASCHINEN. ER IST ALT. ALLES NEUE BEUNRUHIGT IHN. ER*

*KANN MIT DER VERÄNDERTEN WELT NICHTS MEHR AN-*
*FANGEN.*
*Aber du schon?*
*NEIN.*
Donner rollte über den Himmel. Es war Raijin, Donnergott und Vater aller Arashitora, der zu mir sagte, ich müsse keine Angst haben. Meine Federn knisterten, als wollten sie ihm antworten.
*ABER ICH WILL DIESE NEUE WELT VERSTEHEN LER-*
*NEN.*
*Du ... Heißt das, du hilfst mir?*
Ich ging tiefer, tauchte durch die bitterkalten Sturmböen. Wir hatten die zerklüfteten Ausläufer der Vier Schwestern erreicht. Ich ließ das Affenkind in eine hohe Schneewehe fallen, landete neben ihm und versank prompt bis zum Bauch im eisigen Weiß. Mein Atem stieg in Schwaden zwischen uns auf. Ich schaute dem Jungen in die Augen. Blind, wie er war, sah er doch mehr als mein Khan. Jenes qualvolle Siechtum hatte mir meine Familie geraubt. Der Khan würde uns vielleicht befehlen, diesen Inseln mit all ihrem Elend den Rücken zu kehren. Damals hätte ich Konzepte wie »für alle Zeiten« oder »Untergang« nicht in Worte fassen können. Doch ich wollte nicht auch noch meine Heimat verlieren. Nicht ohne wenigstens herauszufinden, wieso.

Diese Sache kam mir wichtig vor.

Der *Junge* kam mir wichtig vor.

*ICH HELFE DIR, AFFENKIND.*

*Und deine Freunde? Deine Sippe?*

*WIR SCHLAGEN NICHT EURE SCHLACHTEN FÜR EUCH.*

*Und wenn es uns gelänge, die Menschen zu überzeugen?*
*Würdet ihr mit uns zusammen kämpfen?*

*DAS KANN ICH NICHT SAGEN. VIELLEICHT. ABER HAT DER KHAN SEINEN ENTSCHLUSS ERST EINMAL VERKÜNDET, IST SEIN WORT GESETZ. WIR MÜSSEN RECHTZEITIG ZURÜCKKEHREN. UNS BLEIBEN HÖCHSTENS ZWEI TAGE. DANACH ERREICHEN WIR NICHTS MEHR.*

Der Junge lächelte so breit, als wäre er ein wenig einfältig.

*Großmutter hatte recht ...*

*DEINE GROßMUTTER KENNE ICH NICHT.*

*Sie hatte eine Vision. Sie hat mir geweissagt ...*

*DAS KÜMMERT MICH NICHT. DU KÜMMERST MICH AUCH NICHT, JUNGE. WIR SIND KEINE FREUNDE, UND ICH HALTE DICH NICHT FÜR EINEN STURMTÄNZER. ICH MACHE DAS HIER NICHT DEINETWEGEN. MIR GEHT ES ALLEIN UM DIE MEINEN. UM MEINE UNGEBORENEN JUNGEN.*

*Du hast eine Gefährtin? Das wusste ich nicht. Willst du ihr sagen ...*

*EINE GEFÄHRTIN? DUMMKOPF. DU BIST WIRKLICH BLIND.*

Da spürte ich ihn. Er rührte sich nicht, streckte sich aber trotzdem nach mir aus, die Stirn in Falten gelegt. Er überbrückte die Distanz zwischen uns und schlüpfte in meinen Geist. Welch sonderbares Gefühl – als teilten unsere grenzenlosen Seelen eine Halle, die wiederum so gewaltig war wie der Morgenhimmel. Wir berührten einander. Flossen zusammen, er in mich hinein und ich in ihn. Nie zuvor hatte ich etwas Ähnliches empfunden.

Dann glättete sich seine Stirn. Unglauben malte sich in seiner Miene. Seine blinden Augen schienen in meine zu blicken, als könnte er mich tatsächlich sehen.

*Ihr Götter ... Du bist ein Weibchen!*

*STÖRT DICH DAS, AFFENKIND?*

*Nein, nicht doch. Es ist bloß ...*

*DU HAST WOHL NOCH NIE EIN WEIBCHEN GERITTEN?* Meine Belustigung sickerte in seinen Geist.

*Das stimmt, mächtige Donnertigerin.*

*DANN IST ES FÜR UNS BEIDE DAS ERSTE MAL. WOHIN FLIEGEN WIR?*

*Nach Kigen. Dort steht der Palast des Shōguns. Er ist das Oberhaupt meines Volkes – wie euer Khan.*

Ich blickte zum höchsten Berg der Vier Schwestern zurück, auf dem der Himmelsrat tagte. Hoch über allem, weltfern und verängstigt. Was würde geschehen, wenn ich zurückkehrte? Wie würde sich der Zorn meines Khans entladen? Arashitora-Weibchen war es nicht gestattet, allein fortzufliegen oder ihr Leben in Kämpfen zu riskieren. So war es nun einmal, war es immer schon gewesen. Doch es stand ein Wandel bevor. Jeder, der Augen hatte, konnte es sehen.

*HOFFENTLICH IST ER NICHT WIE UNSER KHAN, AFFEN-KIND.*

*Ich will ihm von der Seuche berichten. Wie sie unter seinen Untertanen wütet, unter allen Geschöpfen des Landes, des Wassers und der Luft ...*

*ER WEIß NICHTS DAVON?*

*Wer aus hohem Hause stammt, schaut meiner Erfahrung nach selten nach unten.*

*WARUM SOLLTE ER DANN DIR ZUHÖREN?*

*Weil wir das Schicksal auf unserer Seite haben, liebe Freundin.*

Der Junge stand im Schnee. Die Augenbrauen und der Flaum auf seinen Wangen waren eisverkrustet. Wie klein und einsam er wirkte, so weit fort von zu Hause, allein in der Fremde. Doch noch immer war er von der Gewissheit beseelt, dass alles vorherbestimmt war. Da war ein unerschütterlicher Glaube, eine Überzeugung, die vielleicht die Welt verändern würde ...

*Ich weiß noch gar nicht, wie du heißt.*

*DIE ANDEREN ARASHITORA RUFEN MICH KOH.*

*Bedeutet der Name etwas?*

*IN MEINER SPRACHE IST KOH DAS WORT FÜR DEN WECHSEL DER JAHRESZEITEN.*

*Das finde ich schön.*

*WAS KÜMMERT MICH DAS?*

*Darf ich dich um etwas bitten, Koh?*

*DU KANNST ES VERSUCHEN.*

*Darf ich dein Gesicht berühren?*

Drohend spannte ich die Schwingen auf, und winzige Blitze züngelten darüber. Ein tiefes Knurren grollte in meiner Brust. Schnee rieselte aus meinem Fell.

*WIESO?*

*Der Winterspatz, den einer der anderen Donnertiger u... umgebracht hat. Mikayo ... Sie hat mir mehr bedeutet, als du ahnen kannst. In meiner Sprache wird meine Gabe »das Gespür« genannt: Sie gestattet es mir, Tiere zu erspüren – ihre Anwesenheit, ihre Gedanken, aber auch ihre Sinne. Liebe kleine Mikayo ...* Er brach ab und fuhr sich mit dem Handrücken über die milchweißen Augen. Ein Kummer, der nicht mein eigener war, beschlich mein Herz.

*Sie war nicht nur meine Freundin: Durch ihre Augen konnte ich sehen.*

Die Trauer füllte mich jetzt ganz aus, drückte mir die Brust zusammen und raubte mir den Atem. Du magst uns für Bestien halten, Affenkind, und das stimmt auch. Raubtiere sind wir, stolz, angriffslustig und unbeugsam. Jene Unwetter, die eure Steinmauern ins Wanken bringen und derentwegen ihr unter euren Dächern aus Strohbündeln vor Angst zittert und bebt, sind in unseren Augen milde Frühlingsschauer. Mit Erbarmen, Weichlichkeit oder Verzärtelung können wir nichts anfangen. Das Fleisch der Schwachen füllt die Bäuche der Starken.

Aber wir wissen, was eine Familie und was ein Rudel ist. In den kältesten Tagen des Jahres, wenn der eisige Wind heult und klagt, schmiegen wir uns aneinander. Und seit das Leiden mir meine Eltern und meinen Bruder genommen hatte, wusste ich auch, wie es ist, allein zu sein.

Ganz und gar allein.

*ALSO SCHÖN.*

Der Junge wagte sich mit schief gelegtem Kopf näher, die zitternden Hände nach mir ausgestreckt. Ich hörte seinen Herzschlag. Er fürchtete sich, trotz all seines Geredes über Prophezeiungen, Schicksal und den ganzen Unsinn. Nackt und bloß war er der Bestie ausgeliefert. Blind. Zerbrechlich. Doch dann berührte er meine Wange, und seine Angst schmolz dahin. Seine Hände gingen auf Wanderschaft: Zuerst strich er über meinen Schnabel, schwarz wie die mondlose Mitternacht. Zur scharfen Spitze hin ging die Farbe in ein helles Grau über. Als seine Fingerspitzen sich meinen Augen näherten, verspannte ich mich und knurrte. Sofort erstarrte er – aber nicht, weil ich ihn erschreckt hätte, sondern weil er sich um mich sorgte. Zwar nahm ich seine Gegenwart in meinem Geist wahr, aber seine Gedanken waren so sanft wie seine Hände. Behutsam tastete er über meine Stirn, meine Schläfen, meine Kehle. Ich wusste nicht, was ich davon halten sollte: seine Vorsicht und ... Gutmütigkeit? Das war mir beides fremd. In meiner Wirklichkeit hatte ein Moment wie dieser keinen

Platz. Die Wunde, die der Verlust meiner Familie mir gerissen hatte, begann zu schmerzen.

*SCHLUSS JETZT!*

Schnaubend wich ich zurück und grub die Klauen ins Eis. Auf den Wangen des Jungen glitzerten gefrorene Tränen, doch sein Lächeln strahlte wie die Sonne.

*Wie wunderschön du bist, Koh!*

*IN DEN AUGEN EINES AFFEN? DU GLAUBST, DAS SCHMEICHELT MIR?*

*Ich will dir gar nicht schmeicheln. Es ist die Wahrheit.*

Dazu fiel mir nichts anderes ein, als erneut zu knurren, dass es den Schnee von meinen Flügeln schüttelte. Der Junge rieb sich das salzige Eis von den Wangen, und sein Gesicht nahm wieder jenen Ausdruck äußerster Entschlossenheit an.

*Kigen liegt südöstlich von hier. Vielleicht eine Tagesreise entfernt, wenn man fliegt.*

*DANN STEIG AUF. WIR HABEN KEINE ZEIT ZU VERLIEREN.* »*GUCK LIEBER NICHT RUNTER«, MUSS ICH DIR JA NICHT SAGEN.*

Der Junge kam an meine Seite, wobei er sich mit seinem lackierten Stock durch den Schnee tastete. Kurz befühlte er meine Schulter und meinen Flügel, dann saß er auf. Er war erstaunlich flink und geschickt, doch dies war so neu für ihn wie für mich. Noch nie hatte ein Affenkind auf meinem Rücken gesessen, und das Gefühl war durch und durch merkwürdig. Er verlagerte sein Gewicht, und meine Muskeln verkrampften sich. Meine Schwingen zuckten, und ich peitschte nervös mit dem Schwanz. Als er mir die Arme um den Hals legte, hätte ich mich beinahe aufgebäumt und ihn abgeschüttelt. Das Blut rauschte mir in den Ohren. Doch ich spürte ihn in meinem Geist: Auch er zitterte vor Angst. Meine Andersartigkeit schüchterte ihn ebenso sehr ein wie mich die seine: meine Körpertemperatur, höher als seine; mein Ozongeruch; das Knistern winziger Blitze in meinem Gefieder.

Wir waren ungeschickt wie Liebende, die zum ersten Mal beisammenliegen. Und obschon wir keinerlei zärtliche Gefühle füreinander hegten, konnte ich mich nicht daran erinnern, schon jemals jemandem so nah gewesen zu sein wie ihm in diesem Moment.

GEHT ES?, sprach ich in seinen Geist und durchbrach so die unbehagliche Stille zwischen uns.

Ja.

DANN HALT DICH MAL GUT FEST, AFFENKIND!

Ich spreizte die Flügel, und blau-weiße Blitze zuckten darüber hinweg. Die Aufregung jagte dem Jungen einen Schauer über die Haut; ich spürte das Echo. Er umschlang meinen Hals fester.

Ich holte Atem. LASS NICHT LOS!

Dann sprang ich in die Luft.

•••

Gebadet ins blutrote Licht brennender Chi-Laternen, stand Herr Tatsuya mit vieren seiner Hauptleute um den Tisch im Kommandozelt herum und starrte auf die Landkarte hinab, die darauf ausgebreitet lag. Er trug die traditionelle Ōyoroi der Samurai, eine prächtige Rüstung aus ziseliertem schwarzem Eisen, die ihm sein geschätzter verstorbener Shōgun und Vater zum achtzehnten Geburtstag hatte anfertigen lassen. In seinem Obi steckten über Kreuz Katana und Wakizashi. Sein seidiges Haar war zu einem langen Zopf geflochten, der ihm über eine Schulter fiel. Der Morgen würde erst in zwei Stunden dämmern, doch er sah den Verlauf der bevorstehenden Schlacht bereits vor sich. Es war, als betrachtete er ein kunstreiches

Gemälde, das dereinst im Tiger-Palast in Kigen hängen würde. Beinahe hörte er das Klirren von Stahl. Roch das Blut.

*Bald.*

Die Bestattung des Shōguns war erst vier Tage her, aber der Krieg hatte bereits begonnen. Nach einem verlustreichen Gefecht in den Zerklüfteten Höhen hatte sich das Heer seines Bruders nach Norden zurückgezogen, um dem Feind nicht im offenen Gelände begegnen zu müssen. Doch nun war seine Armee im Tal des Junsei beinahe eingeschlossen: Im Westen erhob sich die Gebirgskette der Vier Schwestern, und im Norden und Osten strömte der Fluss dahin. Zwar hatte Riku auf dem Hang einen Stellungsvorteil, aber er konnte nirgendwohin fliehen, falls die Dinge sich schlecht für ihn entwickelten (was vorherzusehen war, sollten der Schöpfergott und die simpelste Mathematik Tatsuya nicht im Stich lassen). Nur eine einzige Brücke schwang sich etwa anderthalb Kilometer von Rikus Lager entfernt über den Junsei. Der Bär saß in der Falle.

»Was tut Ihr jetzt, Bruderherz?«, fragte Tatsuya sich laut.

Einer der vier Hauptleute – ein grauhaariger alter Krieger namens Ukyō – tippte mit dem Finger auf die Karte. »Wenn er klug ist, bleibt er auf dem Hang. Von da oben aus kann er uns für unseren Vormarsch teuer bezahlen lassen. Unsere zahlenmäßige Überlegenheit nützt uns unter diesen Umständen wenig.«

»Mein Bruder ist kein besonders guter Schlachtenstratege«, sagte Tatsuya. »Sicher hofft er, in die Provinz Kuroishi zu entkommen und sich dort in seiner Feste zu verschanzen. Dann kann er versuchen, die anderen Clanoberhäupter für seine Sache zu gewinnen.«

»Aber die Vier Schwestern versperren ihm den Weg. Und sollte er den Rückzug über den Junsei befehlen, sind seine

Streitkräfte auf der Brücke ein leichtes Ziel. Die meisten Männer würden fallen, ehe sie das andere Ufer erreichen.«

»Wie bereits gesagt«, murmelte Tatsuya, »ein guter Stratege ist er nicht. Riku hat ein Händchen für Duelle und diplomatische Gespräche bei einem Schälchen Sake, aber nicht für Kriegsführung. Er hätte mich erschlagen sollen, als er die Gelegenheit hatte.«

Einer von Tatsuyas Samurai kam ins Zelt marschiert. Seine Rüstung schepperte unmelodisch und glomm im flackernden roten Licht der Laternen. In angemessenem Abstand blieb er stehen, bedeckte die Faust mit der flachen Hand und verneigte sich so tief, dass die rote Quaste an seinem Helm beinahe den Boden berührte.

»Vergebt mir, Herr Tatsuya ... Ein Abgesandter bittet darum, mit Euch sprechen zu dürfen.«

Tatsuya hob eine Augenbraue. »Der Bär will verhandeln?«

»Nicht Herr Riku hat ihn geschickt, hoher Herr, sondern die Lotusgilde.«

Die Hauptleute murrten und legten die Stirn in tiefe Falten. Tatsuya rieb sich das Kinn. Seine Miene glich der eines Mannes, der eine wütende Giftschlange in seinem Ehebett vorfindet.

Er hatte sich schon gefragt, wann die Gildenmänner ins Spiel einsteigen würden. Zu Lebzeiten hatte der Shōgun seine Söhne oft vor jener seltsamen Gemeinschaft und ihren geheimnisvollen Künsten gewarnt. Die Maschinen der Gilde waren Wunderwerke, daran bestand kein Zweifel. Chi trieb sie an, ein wundersamer Kraftstoff, gewonnen aus den Samen des Blutlotus – jener Pflanze, nach der die Gilde sich benannt hatte. Mähdrescher und Feldhäcksler hatten die Werkmeister der Gilde hervorgebracht, um die Produktivität der

Kornkammer-Provinzen zu steigern; Generatoren, die Strom fürs tägliche Leben bereitstellten; Eisenbahnen und primitive Luftschiffe – es hieß, die Gilde werde das Transportwesen in Shima revolutionieren. Und ja, auch Tatsuyas Nachschub wurde von Konvois motorisierter Rikschas an die Front gebracht, die er von den Chi-Händlern erworben hatte. Doch der Reichtum, den die Gilde so anhäufte, und die Macht, die damit einherging ... Ein jeder Herrscher täte gut daran, Vorsicht walten zu lassen. Wer mit der Gilde ins Bett stieg, lief Gefahr, im Schlaf erwürgt zu werden.

Tatsuya wandte sich seinem ersten Hauptmann zu. »Ukyō-san, triff Sorge, dass die Männer abmarschbereit sind. Mein Bruder könnte versuchen, im Schutz der Dunkelheit den Fluss zu überqueren. Sollte er so töricht sein, wird ihn das teuer zu stehen kommen.«

»Hai!« Der alte Krieger verneigte sich und führte die anderen Hauptleute aus dem Zelt.

»Und hol den Gildenmann herein«, sagte Tatsuya zu dem Samurai.

Wieder eine tiefe Verbeugung, dann ging der Mann mit schweren Schritten hinaus und kam kurz darauf mit drei weiteren Samurai zurück, die den Lotusmann in die Mitte genommen hatten.

Er trug einen Panzer aus Messingplatten, genietet auf dickes Leder. Sein Kopf steckte in einem versiegelten Helm; dort, wo man Mund und Nase vermuten konnte, war so etwas wie eine Atemschutzmaske festgeschnallt, aus der sich Metallschläuche wanden. Auf seiner Brust saß eine merkwürdige Vorrichtung aus perlenbesetzten Streben, Transistoren und Kabeln. Sie klickte, zirpte und bebte in einem fort. Die vorgewölbten Facettenaugen des Helms bestanden aus blutrotem

Glas. Unwillkürlich malte Tatsuya sich das abscheuliche Wesen aus, das sich unter all dem Leder und Messing verbergen mochte, etwa das Resultat der Paarung einer Gossenhure mit einer riesenhaften Wespe.

Und tatsächlich summte die Stimme des Gildenmannes insektenhaft. »O Herr Tatsuya, Bulle des Tiger-Clans, Sohn des erhabenen Shōguns Satarō, Herrschers des Inselreiches ... Wir grüßen Euch. Diese Audienz ist uns eine große Ehre!« Er verneigte sich so respektvoll, dass es beinahe affektiert wirkte. Das Lampenlicht glitzerte in seinen leblosen roten Augen. Steckte wirklich ein Mann in dieser Metallhülle? Und wenn ja, was für einer?

»Und bei welchem Namen darf ich dich heißen, Gildenmann?«

»Nennt mich Maru, wenn es Euch beliebt, hoher Herr.«

»Nun denn! Sei so gut und halte dich nicht mit Vorreden auf, Maru-san. Ich möchte nicht unhöflich sein, doch ich habe heute noch einen Krieg zu gewinnen.«

Der Gildenmann warf einen Blick auf den Tisch – auf die Karte und die schön geschnitzten Figuren. Die Blasebälge auf seinem Rücken hoben und senkten sich mit unerbittlicher Präzision bei jedem seiner Atemzüge: *zisch-fuuh, zisch-fuuh.* Langsam breitete sich ein beißender, antiseptischer Geruch im Zelt aus.

»Ihr seid gut aufgestellt, die Schlacht zu gewinnen, hoher Herr«, sagte der Gildenmann. »Aber den Krieg? Daran haben wir unsere Zweifel.«

»Mir war gar nicht bewusst, dass es in der Gilde auch große Strategen gibt, Maru-san.«

»Euer Bruder könnte sich über den Junsei retten. Sollte ihm die Flucht gelingen, habt Ihr zwar die Schlacht für Euch entschieden, doch die Bedrohung nicht beseitigt. Solange er am Leben ist, hat er Möglichkeiten: Er kann das Volk gegen Euch aufwiegeln, sein Heer vergrößern, andere Clanoberhäupter für sich gewinnen. Kurzum: Er kann Euch ein Dorn im Fleische sein.«

»All das weiß ich selbst«, erwiderte Tatsuya. »Aber nun erweise mir die Gefälligkeit und sprich offen. Heraus damit: Was wollt ihr von mir?«

»Ich bin nicht hier, um Euch die Wünsche der Gilde vorzutragen, sondern um Euch ein Angebot zu unterbreiten.«

Tatsuya seufzte. »So tu das.«

»Seit geraumer Zeit schon haben sich unsere Erfinder und Schmiede in den Dienst der Kriegskunst gestellt. Die Lotusgilde möchte dem Shōgun nützlich sein, dem künftigen Herrn über die vier Throne Shimas. Als Zeichen unseres Wohlwollens möchten wir Euch ein Geschenk machen.«

Der Gildenmann griff sich an die Brust und schob die Perlen auf den Streben des seltsamen Gerätes hin und her, das Muster kompliziert und unverständlich. Ein zweiter Gildenmann trat ein, kniete vor ihm nieder und hielt ihm einen langen Metallkasten hin.

Er war schmucklos und mit zwei einfachen Messingschließen gesichert. Tatsuyas Samurai ließen Maru nicht aus den Augen, als er die Schnappverschlüsse öffnete und ihn aufklappte. Als die Samurai sahen, was er herausholte, griffen sie prompt nach ihren Schwertern. Es war ein Katana, aber es hatte etwas Merkwürdiges an sich: Es war sperriger als ein gewöhnliches Schwert, und über dem Griff war offenbar ein Motor angebracht.

»Wenn Ihr erlaubt, hoher Herr?«, fragte Maru.

Tatsuya verschränkte die Arme vor der Brust. Argwohn fraß an ihm. Dennoch nickte er knapp, und Maru zog das

Katana aus seiner Scheide. Die Klinge war mit unzähligen spitzen Metallzähnen besetzt, die im roten Licht bedrohlich glänzten. Die einzelnen Schneideglieder waren miteinander vernietet wie die Sägeketten der effizienten Baumhäcksler, mit denen sich ganze Wälder abholzen ließen. Seit Jahren gewann man so Land für Lotusfelder.

»Und was soll das sein?«, fragte Tatsuya.

»Ein Kettensägenkatana, hoher Herr.« Maru drückte auf einen Knopf am Griff. Der Motor jaulte auf und hustete eine blauschwarze Abgaswolke in die Luft. Ein Gashebel setzte die rasiermesserscharfen Zähne in Bewegung. Der zweite Gildenmann hielt noch immer mit beiden Händen den Metallkasten hoch, und nun ließ Maru die Waffe darauf niederfahren. Blendend helle Funken sprühten. Kreischend, aber scheinbar widerstandslos schnitt die rotierende Klinge durch das Metall. Die beiden Hälften fielen klappernd zu Boden. Die Schnittkanten waren nicht glatt – es sah aus, als hätte ein Drache den Kasten zerbissen.

»Beim Atem des Schöpfers ...«, wisperte Tatsuya.

»Wenn Euch das Schwert gefiele, würde uns das mit großer Freude erfüllen, erhabener Herr«, surrte Maru. »Dies ist nur eine neue Waffe von vielen, mit denen wir Euch beliefern können. Bald befehligt Ihr eine Flotte aus Schlachtschiffen, die über den Himmel segeln und einen todbringenden Regen auf Eure Feinde niedergehen lassen. Eure Samurai tragen dann Rüstungen, die ihnen zusätzliche Kraft verleihen und sie vor den meisten herkömmlichen Waffen schützen. Lasst Eure Armee von der Lotusgilde ausrüsten, und sie ist unbesiegbar!«

Der Gildenmann verneigte sich und bot Tatsuya das Schwert auf den ausgestreckten Handflächen dar. Der Bulle nahm es, schwang es versuchsweise, um sich mit dem Gewicht vertraut zu machen, drückte den Gashebel nieder und lauschte dem mordgierigen, schrillen Lied der wirbelnden Zähne.

Es war ein Lied des Triumphs.

Angestrengt starrte er in die blutroten Augen des Gildenmannes, als könnte er mit seinem Blick das Glas durchdringen. »Die Gilde möchte mich also mit Waffen versorgen?«

»Die Lotusgilde hat viel zu bieten, Herr Tatsuya. Wir können Eure Soldaten mit Kettensägenschwertern ausstatten. In unseren Werften warten Himmelsschiffe auf Euren Befehl – zunächst nur eine Handvoll, aber weitere sind bereits im Bau. Und ein Letztes können wir Euch noch andienen: den Kopf Eures Bruders.«

Tatsuya machte schmale Augen. »Ich höre, Gildenmann.«

»Euer Wunsch ist mir Befehl.« In Marus fremdartiger, knisternder Stimme war ein Unterton, der unangenehm an Belustigung erinnerte. »Gerade in diesem Augenblick führen Gilden-Ingenieure in aller Heimlichkeit Arbeiten unter Wasser durch: Sie bestücken die Pfeiler der Junsei-Brücke mit Sprengsätzen aus unserer Munitionsfabrik. Selbst der uralte Stein wird der Explosion nicht standhalten. Die Brücke wird fallen, und dann bleibt Eurem Bruder kein Fluchtweg. Heut noch könnt Ihr den Krieg entscheiden – ja sogar heute Morgen! Mit unserer Unterstützung.«

»Also will mir die Gilde meinen Thron auf dem Messingtablett servieren?«

»Nun, wir hoffen, dass Ihr gewisse ... Großzügigkeiten in Erwägung ziehen werdet, erhabener Herr.«

Tatsuya lächelte. Das Tiger-Blut in seinen Adern siedete. »Eine Hand wäscht die andere, was, Gildenmann? Was erwartet die Gilde denn als Gegenleistung für ihre Wunder?«

»Ach, ganz und gar belanglose Kleinigkeiten, hoher Herr.«
Der Gildenmann winkte ab. »Wir möchten unsere Chi-Produktion dezentralisieren – vielleicht könnten wir in jeder Clan-Hauptstadt eine Raffinerie errichten. Wir würden gern Einfluss auf die Verwaltung jener Höfe nehmen, die Blutlotus anbauen – zum Beispiel über ein Lizenzsystem in der Hand der Gilde. So könnten wir die Qualität überwachen und sicherstellen, dass stets genug Chi produziert wird. Am wichtigsten wäre uns jedoch, eine Unreinheit unter den Menschen Shimas auszumerzen. Wir sprechen hier von einer ... Missbildung, wenn man so will.«

Fragend hob Tatsuya die Augenbrauen.

»Es geht um jene, die mit Tieren sprechen können«, erklärte Maru. »Es heißt, sie seien blutsverwandt mit den Yōkai. In unserer heiligen Schrift werden sie verdammt. Wir ersuchen um Eure Erlaubnis, das Inselreich von diesem Makel zu reinigen.«

»Und sollte ich euch diese unbedeutenden Bitten gewähren, bietet ihr mir im Austausch den Kopf meines Bruders?«

Der Stimme des Gildenmannes war nun deutlich anzuhören, dass er lächelte. »Das tun wir, mein Herr.«

»Mein Zwilling.« Tatsuya tat einen Schritt auf den Gildenmann zu. »Den Mutterleib haben wir geteilt. Wie ich ist er der Sohn eines Shōguns. Ein Nachkomme des großen Kazumitsu selbst!«

Einen Augenblick war es still. Nur das dumpfe *Zisch-fuuh* der Blasebälge war zu hören.

»Wie meinen?«, fragte Maru endlich.

»Ja glaubst du denn, das Blut der Kazumitsus kann mit *Nichtigkeiten* erkauft werden?«

*Zisch-fuuh* ...

»Und du glaubst, ich – ich! – würde Beistand bei Mechanikern und Handwerkern suchen? Nicht einen einzigen Soldaten oder Samurai habt ihr in euren Reihen! Und ich soll mir von euch helfen lassen, einen Krieg zu gewinnen, *den ich bereits gewonnen habe?*«

»Erhabener Herr, ich …«

Tatsuya betätigte den Gashebel.

*Zisch-fuuh …*

Er hätte schwören können, den Gildenmann schwer schlucken zu hören.

»Mein Herr, ich rate Euch …«

Tatsuya hob die Klinge. Ließ die Spitze vier oder fünf Zentimeter vor der Kehle des Gildenmanns in der Luft schweben. Wieder drückte er den Gashebel herunter und beobachtete, wie das Laternenlicht auf den sirrenden Zähnen glomm. Mit widerwilliger Anerkennung nahm er zur Kenntnis, dass Maru nicht zurückzuckte.

»Du kannst aufatmen, Gildenmann«, sagte er. »Abgesandte erschlage ich nicht – selbst dann nicht, wenn sie sich unentschuldbar respektlos gegen meine Familie oder mich betragen. Du kannst dich allerdings glücklich schätzen, diesen Handel nicht meinem Bruder vorgeschlagen zu haben: Der Bär neigt nicht zur Gnade.«

*Zisch-fuuh …*

»Nicht den Sieg bietet ihr mir an, Chi-Händler, denn den habe ich bereits errungen. Auch nicht den Kopf meines Bruders, denn mein Bruder ist bereits ein toter Mann. Was ihr mir hingegen anbieten könnt, ist ein *schneller* Sieg. Einen, der uns allen eine Belagerung erspart. Und dieses Angebot ist durchaus der Erwägung wert: Ich würde es nur schwer übers Herz bringen, meinen Bruder in seiner Feste elend verhungern zu lassen.« Tatsuyas Blick bohrte sich in Marus rote Glasaugen. »Doch dafür bekommt ihr nicht alles, was ihr wollt.«

Der Gildenmann wählte seine nächsten Worte mit mehr Sorgfalt als ein zum Tode Verurteilter sein letztes Mahl. »Jedes noch so kleine Zeichen Eurer Gunst ist ein großes Glück für die Gilde, erhabener Herr ...«

»Dieses Lizenzsystem zur Qualitätssicherung halte ich für eine gute Idee. Allerdings werdet ihr ganz sicher keine Raffinerien in meinen Städten bauen. Eure Teerwerke und Schornsteine sollen weiterhin in der Wildnis stehen, auf dass ich von ihrem entsetzlichen Gestank verschont bleibe! Ebenso wenig erlaube ich euch, auch nur einen meiner Untertanen wegen eines harmlosen Geburtsfehlers zu meucheln. Und noch etwas, Gildenmann: Von nun an habt ihr mir die militärischen Projekte eurer Werkmeister zur Billigung vorzulegen, *bevor* die Arbeit daran beginnt! Dem gemeinen Volk ist es in diesem Reich verboten, eine Klinge bei sich zu tragen, die länger ist als die eines Messers. Wie deine Gildenmeister auf den Gedanken kommen konnten, es sei annehmbar, ohne die Erlaubnis des Shōguns Schlachtschiffe und motorisierte Schwerter zu bauen, ist mir unbegreiflich!«

»Ich muss Euer Ersuchen an meine Oberen weiterleiten.«

Wieder verengte Tatsuya die Augen. »Mein Ersuchen?«

»Euren Befehl, hoher Herr.«

»Uns bleibt genügend Zeit. Der Bär kann nicht fliehen – sobald eure Arbeiter die Brücke über den Junsei zum Einsturz gebracht haben, versteht sich. Ich bin bereit, die Sprengung als Entschuldigung für eure unverhohlenen Drohungen gegen einen Sohn des Kazumitsu-Geschlechts anzunehmen. Die Erinnerung an eure Unverfrorenheit wird zusammen mit den Trümmern der Brücke im Junsei versinken.«

»Ich gebe Befehl, die Sprengsätze zu zünden, sobald sie angebracht sind, erhabener Herr.«

»Schön.« Das Lächeln des Bullen ließ Wärme vermissen. »Ich erwarte die Antwort deiner Oberen in Kürze.«

»Hai.« Der Gildenmann verneigte sich und zog sich mit seinem Gefährten rückwärtsgehend aus dem Zelt zurück. Das Kettensägenkatana forderten sie nicht zurück.

Tatsuya schaute ihnen nach. Als sie fort waren, blickte er auf die zahnbesetzte Klinge hinab, die ruhig im Leerlauf lief.

»Bauern von niedriger Geburt«, wisperte er. Weich war seine Stimme, so weich wie blutbefleckte Seide. »Macht wollen sie? Die Geschicke des Inselreiches bestimmen?« Er betätigte den Gashebel. Der Motor heulte auf, und der stechende blauschwarze Rauch brannte Tatsuya auf der Zunge. »Nur über meine Leiche!«

•••

Unter uns breitete sich die Narbe der Affenkinder aus, ein dampfendes Gewirr von kleinen Nestern aus Stein, Lehm und Glas, unordentlich und aberwitzig aufeinandergestapelt. Drei braune Flüsse wanden sich träge hindurch. Und wie es stank! Über allem hing ein blauschwarzer Dunst; sein beißender Geruch erinnerte mich an den des dunklen, blutigen Auswurfs, den meine Eltern und mein Bruder zuletzt hochgehustet hatten. Hinein mischten sich Fäulnis, Rost, allerlei Gewürze und Exkremente. Ich scheute zurück. Nur eins wollte ich: kehrtmachen und diese Jauchegrube weit hinter mir zurücklassen. Ein abscheuliches rosafarbenes Meer wälzte sich über steinerne Pfade und wogte zwischen den Nestern. Es zischelte und jaulte.

*Was ist mit dir, Koh, liebe Freundin?*

*ICH BIN NICHT DEINE FREUNDIN, AFFENKIND. VERGISS DAS NICHT.*

*Aber ich bin dein Freund. Und wenn du beunruhigt bist, bin ich es auch.*

DIE NARBE UNTER UNS. DASS IHR SO LEBEN KÖNNT! IHR KRIECHT ÜBEREINANDER WIE MADEN AUF EINEM KADA-VER.

*Wir sagen Stadt dazu.*

UND WESHALB SOLLTE MICH DAS KÜMMERN?

*Siehst du den Palast? Es muss ein imposantes Bauwerk sein. Schön.*

DA UNTEN SIEHT ALLES GLEICH AUS. SCHÄBIGE NESTER. ÜBERALL AFFENKINDER. HIER GIBT ES NUR LÄRM, GE-STANK, VERWESUNG UND TOD. WAS FÜR EIN ELENDER ORT!

Es beschämte mich zutiefst, aber beim Anblick der wimmelnden Affenkinder empfand ich Furcht. Es waren so viele! Und sie waren unersättlich. Endlich verstand ich die Angst meines Khans: So musste sich ein Raubtier angesichts einer Ameisenarmee fühlen. Wie groß und stark ein Tiger oder Bär auch sein mochte, eine Million Mäuler können noch das üppigste Mahl verschlingen.

*Koh, liebe Freundin ...*

ICH BIN NICHT DEINE FREUNDIN!

*Erhabene Koh, ich würde den Palast erkennen, wenn ich ihn sehe.*

DU SIEHST ABER NICHTS, DUMMER JUNGE! BLIND BIST DU. SCHWACH. EIN FIEPENDES, JÄMMER...

*Ich kann sehen, wenn du es mir erlaubst: durch deine Augen.*

Ich knurrte kehlig und zog weite, ziellose Kreise über dem Dreckhaufen. Der Gedanke, der Junge könnte durch meine Augen schauen, gefiel mir gar nicht. Erschreckte mich geradezu. Alles war so neu für mich ... Noch niemals zuvor hatte ich die Vier Schwestern verlassen, und nun war ich hier, ausgerechnet *hier,* und ein von allen guten Geistern verlassenes blindes Affenkind hockte auf meinem Rücken und faselte in einem fort von irgendeiner verrückten Prophezeiung. Unter mir diese »Stadt« voller Läuse, aus der vermutlich jene Seuche gekrochen war, die meine Familie dahingerafft hatte. Und ich sollte dort mitten hineinfliegen?

*Du wirst gar nicht merken, dass ich da bin, Koh!*

*WARUM FRAGST DU DANN ÜBERHAUPT?*

Da strich der Junge über mein Gefieder, die Berührung so zart wie der Flaum eines Nestlings. *Freunde fragen einander immer zuerst um Erlaubnis.*

Wieder knurrte ich. Schämte mich meiner Angst. So weit war ich geflogen, nur um jetzt zu scheuen wie ein nervöses Pferd? Ich atmete tief durch. Mein Herz donnerte gegen meine Rippen.

*DANN TU ES EBEN. ABER MACH SCHNELL!*

Wie er versprochen hatte, spürte ich nichts. Es war nicht, als dränge er in meinen Kopf ein. Doch ich hörte ihn nach Luft schnappen und nahm sein prickelndes, helles Entzücken wahr. Da wurde mir klar, dass er wohl zum ersten Mal die Welt von so hoch oben sah. Wie sich alles unter ihm ausbreitete: Die Abertausenden winzigen Leben unter der brennenden Sonne, die alle verblassten in Anbetracht der Ewigkeit von Himmel und Erde.

Allesamt.

*Wie ... Oh, wie schön!*

*DAS SAGST DU IMMERZU, JUNGE.*

*Jemand, der in Finsternis lebt, empfindet selbst den kleinsten Lichtfunken als großen Segen.* Er streichelte meinen Nacken, und ein strahlendes Lächeln füllte seinen Geist. *Ich danke dir hierfür, mächtige Koh!*

*DER PALAST. SIEHST DU IHN?*
*Ja. Er steht dort auf dem östlichen Hang. Er ist von Gärten*
*umgeben.*
*DANN HALT DICH GUT FEST. DIE ZEIT VERRINNT. DER*
*HIMMELSRAT WARTET NICHT AUF UNS. WIR MÜSSEN UNS*
*BEEILEN!*
Ich ging in den Sturzflug. Schrecken durchfuhr den Jungen; er grub die Finger in mein Gefieder und klammerte sich mit den Oberschenkeln fest. Dann eine Woge rauschhafter Begeisterung. Ein Schrei steckte in seiner Kehle, brach endlich aus ihm hervor – es war ein Jubelschrei. Der Wind riss ihn fort, ich aber hörte ihn. *Fühlte* ihn. Erklären kann ich es nicht. Vielleicht war ich das Fliegen schon zu sehr gewohnt. Vielleicht erlaubte mir das Band, das sich zwischen uns entspann, seine unbändige Freude nicht nur zu spüren, sondern sie mit ihm zu teilen. Jedenfalls war mir zumute, wenn auch nur einen Augenblick lang, als wäre ich gerade erst flügge geworden.

Wir näherten uns dem hohen, spitzen Steinnest, das der Junge als den Palast bezeichnet hatte. Auch hier waren die Mauern fleckig von den wabernden blauschwarzen Schwaden, die über alle Pfade zogen. Die Gärten wirkten verkümmert und kränklich. Irgendwo im ergrauenden Grün plätscherte ein Bach. Von den umgebenden Mauern und aus dem Nest selbst kamen Affen-Samurai in Metallhüllen gelaufen. Sie hatten spitze Stahlstöckchen dabei, mit denen sie auf uns zeigten. Als ich landete, knirschte Kies unter meinen Greiffüßen und Hinterpfoten. Ich brüllte warnend, spannte die Flügel auf, sträubte das Nackengefieder und peitschte mit dem Schwanz durch die Luft. In meinem Geist war jedoch noch immer der Junge, ruhig wie die Morgendämmerung. Und tatsächlich besänftigte mich das.

*Sorge dich nicht, mächtige Koh! Ich rede mit ihnen. Sie werden mir zuhören.*

Der Junge glitt von meinem Rücken und sprach mit lauter Stimme. Seine Worte verstand ich nicht. In meinen Ohren klangen sie wie gurgelnde Laute: die Sprache blökender Ziegen und dreckverkrusteter grunzender Schweine. Lange ging es hin und her zwischen ihm und den kleinen Samurai. Ihre Stimmen stiegen und fielen. Eine Weile schien es, als sei der Junge erschüttert – sein Geist war mit verzweifelten Bitten angefüllt –, aber endlich schien eine Übereinkunft erzielt. Das Geplapper verstummte. Der Junge beobachtete durch meine Augen, wie ein paar Männer in ihren zerbrechlichen Blechrüstungen im Nest verschwanden. Vielleicht zwei Dutzend blieben zurück und wandten keinen Blick von uns.

*UND?*

*Der Shōgun ist tot. Er ist vor vier Tagen gestorben.*

*UND ES GIBT NOCH KEINEN NEUEN AFFEN-KHAN?*

*Zur Stunde kämpfen seine Söhne um den Thron. Im Norden tobt der Bürgerkrieg, liebe Freundin. Bruder gegen Bruder.*

*DER STÄRKSTE REGIERT. JEDER THRON WIRD MIT BLUT ERKAUFT. DER ALTE KHAN MUSS STERBEN, UM DEM NEUEN PLATZ ZU MACHEN – BEI UNS WIE BEI EUCH.*

*Einer der Söhne scheint die besseren Karten zu haben. Er heißt Tatsuya, wird im Volk aber der Bulle genannt. Er verfolgt seinen flüchtenden Bruder, hat jedoch seine Gemahlin im Palast zurückgelassen. Sie spricht an seiner statt. Da er den Palast unter seiner Kontrolle hat, stehen seine Chancen zu regieren wohl wirklich gut.*

*UND DIE GEMAHLIN WILL MIT DIR REDEN?*

*Ich denke ja …*

Die Türen zum Affenkinder-Nest öffneten sich weit. Eine Gruppe Samurai in blutroten Wappenröcken kam herausmarschiert. Ihre Rüstungen waren dunkel wie die Nacht, ihre Augen hart und zu Schlitzen verengt. Sie trugen lange Stangen, an deren Ende gefalteter Stahl glitzerte, und hatten Bögen und Köcher voller Pfeile umgeschnallt. Immer vier gingen nebeneinander; so bildeten sie drei ordentliche Reihen. Ihnen folgte ein Affenkind-Weibchen, kleiner und schlanker, das lange Haar noch schwärzer als die Rüstungen der Krieger. Es war unnötig kompliziert auf ihrem Kopf aufgetürmt.

Wie weich sie aussah. Schwach. Hübsch herausgeputzt, das Gesicht angemalt. Alle männlichen Affenkinder steckten in eisernen Rüstungen und waren bewaffnet; sie hatte nichts weiter bei sich als einen Fächer aus Gold. Und doch spürte ich, wie sich in Juns Brust eine Klinge drehte – ganz so, als hätte sie ihm ein Messer zwischen die Rippen gestoßen. Sein Atem stockte, und in seinem Bauch wimmelten Schmetterlinge durcheinander. Flüchtige, sehr alte Erinnerungen stiegen in ihm auf, verschwommen und staubig. Durch meine Augen, scharfsichtig wie ein Adler und hungrig wie ein Tiger, betrachtete er die Affenkind-Frau, und ich glaube, bei ihrem Anblick fiel ihm endlich wieder ein, was *wahre* Schönheit war.

Wahre Schönheit, wie er sie schon einmal erblickt hatte.

Die Frau stand oben auf der Treppe, die ins Affennest hinaufführte. Ihr Gewand war mit umherschleichenden Tigern bestickt, und in gewisser Weise glich sie jenen Raubkatzen. Die Männer um sie her sahen uns staunend und fassungslos an, mit halb offenem Mund. Die Frau jedoch nicht, nein: Sie war eine Jägerin. Berechnend. Vielleicht sogar begehrlich.

Die Frau und der Junge unterhielten sich. Wieder verstand ich nichts, aber der Ton der Frau war bestimmt. Schließlich lachte Jun und verneigte sich so tief, dass er beinahe aufs Gesicht gefallen wäre. Weshalb, wusste ich nicht. Die Frau verbarg ein blutrotes Lächeln hinter ihrem goldenen Fächer, trat beiseite und machte eine einladende Geste.

*Sie bittet mich herein, damit wir die Angelegenheit weiter besprechen können.*

*TRAUST DU IHR?*

*Du scheinst sie zu beeindrucken. Ich glaube nicht, dass sie es riskieren würde, mir Leid anzutun. Und denk an die Prophezeiung, meine liebe Freundin!*

*ICH GEHE NICHT IN EIN NEST, VON DEM AUS MAN DEN HIMMEL NICHT SEHEN KANN. KEIN ARASHITORA WÜRDE DAS TUN!*

*Wartest du dann auf mich?*

*JA. DAS LEIDEN DARF NICHT WEITER UM SICH GREIFEN. KEIN ARASHITORA SOLL MEHR STERBEN. SAG IHR DAS!*

*Das werde ich. Keine Angst!*

*ANGST? TÖRICHTER JUNGE. GEH MIT IHR, MACHT EUREN AFFENKRACH. PLAPPERT NACH HERZENSLUST. SAGT, WAS IHR ZU SAGEN HABT. UND DANN KOMM ZURÜCK UND ERZÄHL MIR, WEN ICH TÖTEN MUSS.*

*Vielleicht müssen wir ja niemanden töten.*

Ich schnaubte und brummte – ein Geräusch nicht unähnlich dem Lachen der Affenkinder. Dann musterte ich ihn von oben bis unten. Sah er sich, wie ich ihn sah? Klein und blass, mit toten weißen Augen? Er glaubte, alles über die Zukunft zu wissen, und wusste doch nichts.

*WER HAT NUN ANGST, JUNGE?*

•••

Die Junsei-Brücke grummelte wie der Magen eines Fettsacks, der schlechte Muscheln gegessen hat. Sie erbebte, und das

Wasser um die Pfeiler kräuselte sich. Das war die einzige Vorwarnung – dann ging die Brücke in die Luft wie ein Feuerwerkskörper an einem Festtag. Kreischend schossen weiße Flammen in den Himmel. Stein- und Mörtelstaub wirbelte auf. Wie eine düstere Wolke hing er über dem Fluss und glühte im Widerschein der erlöschenden Flammen. Dann brachen ächzend und stöhnend die Bögen ein, einer nach dem anderen. Die Trümmer stürzten in den matschbraunen Fluss.

Tatsuya stand auf einem kleinen Hügel in der Nähe seines Kommandozeltes und schaute sich das Spektakel an. Dann richtete er das Fernglas auf das Lager seines Bruders am Hang. Rikus Männer rannten durcheinander und schrien. Viele deuteten auf die Rauchsäule, die vom nahenden Ende kündete.

Der junge Bulle wandte sich zu seinem ersten Hauptmann hin. »Ukyō-san, schick meinem Bruder einen Boten. Herr Riku soll wissen: Alle seine Soldaten, die sich mir jetzt ergeben, werden begnadigt. Sollte er selbst die Waffen niederlegen, verschone ich überdies das Leben seiner Gemahlin und seines ungeborenen Kindes.«

Der alte Krieger nickte. »Er wird das Angebot ausschlagen.«

»Selbstredend. Doch es soll nicht in die Geschichtsschreibung eingehen, ich sei in der Stunde des Triumphs erbarmungslos gewesen.«

Ukyō verneigte sich mit einem Lächeln. »Ihr werdet ein vortrefflicher Shōgun sein, mein Herr.«

»Die Zeit wird es erweisen.«

Ukyō verschwand gerade zwischen den Zelten, da kam der Gildenmann Maru den Hügel heraufgestapft. Sein Panzer aus Leder und Messing zischte und sirrte, und seine roten Augen glühten. Vor Tatsuya blieb er stehen und verneigte sich, Hand über Faust.

»Hoher Herr, meine Oberen unterwerfen sich Euren Bedingungen und danken Euch untertänigst für Eure Gnade. Wir unterstützen Euch in Euren edlen Bestrebungen, im Austausch für das Recht, den Anbau von Blutlotus in Shima zu überwachen. Wir haben ein Dokument vorbereitet, das die Feinheiten unseres Abkommens umreißt.«

Damit reichte er Tatsuya einen Kasten, in dem sich gewisslich eine Schriftrolle befand. Auf dem Deckel prangte eine Lotusblüte, das Siegel der Gilde.

»Übergib es meinen Schreibern«, sagte Tatsuya. »Sobald ihr eure Verpflichtungen erfüllt habt, werde ich unterzeichnen. Auf mein Wort! Das Versprechen eines Sohns des Kazumitsu-Geschlechts ist dir doch sicher mehr wert als einige rasch hingeworfene Schriftzeichen?«

Eine kurze Stille folgte.

»Hai, erhabener Herr«, summte Maru dann.

»Sehr schön. Und wo sind nun diese Wunder, die du mir versprochen hast?«

Der Lotusmann deutete nach Westen. »Schaut, mein Herr.«

Tatsuya spähte mit zusammengekniffenen Augen in den Himmel, den die aufgehende Sonne in ein stechendes Licht tauchte. Silhouetten näherten sich: Beinahe sah es so aus, als durchpflügten große Schiffe das Wolkenmeer. Sie hatten keine Segel, sondern hingen an enormen Ballons. An den Flanken waren Propeller angebracht. Die stampfenden Schiffsmaschinen klangen aus der Ferne wie summende Insekten. Natürlich hatte Tatsuya schon Ballonschiffe gesehen: Die Gilde experimentierte seit Jahrzehnten mit Fluggeräten, die leichter waren als Luft. Doch dies war etwas vollkommen anderes. Hierbei handelte es sich zweifellos um eine Kriegsflotte. In die gepanzerten Bordwände der Dschunken waren Geschützpforten eingelassen, aus denen Rohre hervorragten – Schwarzpulver-kanonen wahrscheinlich. Und wie schnell sie waren!

Ein wahrer Segen, dass er die Gilde so leicht hatte ein-schüchtern können.

»Kettensägenkatana und -wakizashi«, sagte Maru. »Ōyoroi mit chibetriebenen Motoren. Wir haben genug, um Eure Sa-murai vollständig auszurüsten ... Sie werden die Männer Eures Bruders niedermähen wie Gras.«

»Sie sollen unter meiner Elitetruppe verteilt werden«, sagte Tatsuya. »Hauptmann Ukyō wird dir dabei zur Hand gehen. Noch in dieser Stunde greifen wir an!«

»Wie Ihr befehlt!« Maru verneigte sich. »Shōgun.«

•••

»Uns bleibt nur wenig Zeit, Herrin Ami. Nur sehr, sehr we-nig.«

Jun glaubte, er befand sich in einem Saal. Eine kühle Brise strich hindurch. Sie brachte seidene Amulette zum Rascheln und flüsterte in fernen Winkeln. Noch weiter entfernt hörte er die leisen Schritte von Dienstboten. Er roch den Duft des Tees, der vor ihm auf dem niedrigen Tischchen stand. Die junge Frau ihm gegenüber atmete ruhig. Er hielt den Kopf respekt-voll gesenkt. Noch immer sah er ihr Gesicht vor sich.

Bevor er erblindet war, hatte er oft die Gemälde der großen Meister betrachtet. Die Herrin Ami glich einem kunstvollen Porträt. Rauch, Kohle, Alabaster und rote Seide. Herzblutfarbene Lippen. Die schimmernden Augen hinter den langen Wimpern so dunkel, dass sie beinahe schwarz wirkten. Das Bild, das er dank Koh hatte sehen dürfen – so scharf und begleitet vom Hunger eines Raubtiers –, würde ihm wohl bis ans Ende seiner Tage nicht wieder aus dem Sinn gehen.

Und doch waren all dies nur Erinnerungen. Ohne die Donnertigerin und ohne seinen kleinen Spatzen wandelte er in Finsternis. Zwar waren seine übrigen Sinne im Laufe der Zeit viel feiner geworden, aber die Augen konnten sie ihm nicht ersetzen. Seine Hände zitterten kaum merklich. Ein quälendes Gefühl der Dringlichkeit hatte sich seiner bemächtigt, obwohl er ja wusste, dass sich alles so ereignete, wie es vorherbestimmt war. Er nahm die Gegenwart anderer Menschen wahr: Das Dienstmädchen, das die Herrin Ami ihm als Chiyoko vorgestellt hatte, schenkte den Tee ein. An den Wänden standen Wachen. In den Dachsparren knarrte es leise.

»Dein Name ist Jun?«, fragte die Herrin. Ihre Stimme war melodiös und rauchig. Immer wenn er sie hörte, überlief ihn ein sanfter Schauer.

»So hat meine Mutter mich geheißen, hohe Herrin. Ehe sie an jenem Leiden gestorben ist.«

»Welchem Clan entstammst du?«

Er leckte sich die Lippen. Zwang sich, geduldig zu sein. Höflich. Ruhig. »Dem Fuchs-Clan, Herrin«, erwiderte er.

»Ein Kitsune!«

Jun hörte ihr das Lächeln an, hörte auch, dass ihre Stimme plötzlich ein wenig gedämpft klang – zweifellos weil sie ihren Mund nun hinter dem goldenen Fächer verbarg.

»Es freut mich sehr, wieder einmal die Gesellschaft eines Clansmanns genießen zu dürfen. Lange Jahre ist es her, dass ich meine Heimat zum letzten Mal sah ...«

»Mir geht es ebenso, Herrin Ami.«

»Dann warst du also nicht von Geburt an blind, Jun-san?«

*Ein weitläufiger Garten. Lachende Kinder. Ein Mädchen lächelte ihn an, als ...*

87

Jun schüttelte den Kopf, um die Erinnerung zu vertreiben. »Nein, Herrin. Mein Augenlicht begann zu schwinden, als ich zehn war, und zwei Jahre später war es dann gänzlich erloschen. Meine Großmutter gibt der Verschmutzung des Himmels die Schuld daran, dass die Sonne immer greller und heißer scheint. Es heißt, im Norden tragen jetzt viele Menschen Schutzbrillen, um nicht dasselbe Schicksal zu erleiden wie ich.«

»Wie traurig.«

»Es gibt Schlimmeres. Jahr um Jahr wütet die Seuche erbitterter ... Im Dorf meiner Großmutter wird sie Rußlunge genannt. Meine Mutter und mein Vater sind daran gestorben. Und nicht nur wir Menschen erkranken: Die Mujina und Tanuki im Wald, die Kappa in Seen und Flüssen und selbst die Phönixe und Donnertiger hoch oben im Gebirge sind betroffen.«

»Gerüchte über dieses Leiden haben den Palast bereits erreicht. Ich erinnere mich außerdem, dass es schon in meiner Kindheit am Hof meines Vaters einige Fälle gab. Doch wie schlimm es geworden ist, war uns nicht bekannt. Das Siechtum meines Schwiegervaters, die Regelung der Thronfolge ... Diese Angelegenheiten haben den Hofstaat des Shōguns sehr in Anspruch genommen.«

»Ich fürchte, die Lotusgilde ist verantwortlich für ...«

Seine Stimme verlor sich, denn mit einem Mal nahm er ein Tier wahr – nein, nicht nur eins, zu zweit waren sie! Sie tauchten aus dem Nebel auf und schlichen sich näher heran, durch die Gabe des Gespürs so präsent, dass er beinahe glaubte, sie zu sehen, schnurrend und samtweich, die Pfoten auf den polierten Dielen nahezu lautlos. Er tastete nach ihnen: Es waren ein Kater und eine Katze. Sie setzten sich zu ihrer

Herrin und begutachteten ihn voller Neugier. Sanft grüßte er sie. Die Herrin Ami strich ihnen mit den Fingernägeln durchs Fell, und er erbebte mit ihnen gemeinsam.

»Wie heißen Eure Katzen, Herrin?«

Ein langes Schweigen folgte. Er spürte, wie alle drei ihn anstarrten.

»Kinu und Sasayaki«, erwiderte die Herrin endlich.

»Das sind sehr schöne Namen.«

»Du hast gute Ohren, Jun-san! Hörst du etwa auch, welche Farbe mein Unterkleid hat?«

Sie wollte ihn necken – und lachte leise, als ihm die Röte in die Wangen stieg. Sie streichelte den Kater, und wieder zitterte Jun. Ihm war, als wäre er noch nie bei Hofe gewesen. Angesichts ihrer Spielchen kam er sich wie ein unbedarfter Tölpel vor.

*Sie hat sich so sehr verändert ...*

»Ich kann die Gedanken der Tiere vernehmen, Herrin. Die Eurer Katzen. Die der Donnertigerin draußen.«

»Du bist ein Bruder der Yōkai?«

»Hai.«

»Einen wie dich habe ich noch nie getroffen. Ich dachte, euch gebe es vielleicht nur in Sagen und Legenden.«

»Womöglich sagt man eines Tages dasselbe über Phönixe, Henge und Tanuki. Über alle Yōkai ... Wenn der Lotusgilde und ihrer Seuche nicht Einhalt geboten wird.«

Die Herrin wurde ernst. Vergessen waren die Katzen auf ihrem Schoß. »Die Gildenmänner werden zusehends einflussreicher. Mit den eisernen Münzen, die ihre mechanischen Wunder ihnen einbringen, kaufen sie Minister und Magistrate. Sie könnten mächtige Feinde darstellen. Kannst du beweisen, dass sie die Verursacher dieses Leidens sind?«

»Leider nicht, Herrin. Ich bin ... ich meine, ich war nur ein einfacher Maler. Doch meine Großmutter ist eine weise Frau, und sie ist fest davon überzeugt, dass die Gilde der Ursprung des Übels ist. Ihr Dorf liegt am Rand eines raunenden Waldes, am Ufer eines hellen Bachs. Doch nicht allzu weit entfernt hat die Gilde eine Fabrik erbaut, und je dichter der Rauch aus den Schornsteinen quillt, desto kränker werden dort die Menschen. Die Tanuki im Iishi-Wald erzählen ganz ähnliche Geschichten, und die Phönixe auch. Und warum sonst tragen die Gildenmänner Panzer und Helme? Warum atmen sie nicht dieselbe Luft wie wir? Liegt nicht der Schluss nahe, dass sie wissen, wie giftig sie ist?«

»Du warst ein Maler?«

Verwirrt runzelte Jun die Stirn – ausgerechnet das hatte ihr Interesse erregt? Schließlich nickte er. »Mein Vater war Jäger. Ich hätte in seine Fußstapfen treten sollen, doch dann wurden meine Augen schlechter ... Da hat meine Mutter mich in den Künsten unterrichtet. Wir haben über Dichtung gesprochen. Malerei. Zumindest solange ich noch sehen konnte ... und meine Eltern am Leben waren.«

»Deine Geschichte wird immer trauriger, Jun-san. Sie scheint gar Stoff für eine unsterbliche Ballade zu bieten: ein Maler, geblendet von der Sonnengöttin; ein Poet, der nimmermehr zum Pinsel greift. Wahrlich, es fehlt nichts weiter als eine unglückliche Liebe und ein tragischer Tod ...«

»Herrin, Ihr macht Euch lustig über mich. Aber die Geisterbestien sterben scharenweise, und nun erwägen die Arashitora, sich von Shima loszusagen. Schon bald werden sie entscheiden, ob sie uns unserem Schicksal überlassen ... Doch die Prophezeiung spricht von ihrer Wichtigkeit!«

»Prophezeiung?« Jun hörte die Skepsis in der Stimme der Herrin Ami.

»Meine Großmutter hat das Zweite Gesicht, hohe Herrin. Sie hat vorhergesagt, ein Spross ihres Geschlechts werde diese Inseln vor dem Untergang bewahren.«

»Und ... du glaubst, das bist du, Jun-san?«

»Bis auf meine Großeltern habe ich keine lebenden Verwandten. Ich bin der einzige Nachkomme meiner Großmutter. Doch die Zeit drängt, Herrin, und so hoffe ich, Ihr werdet mir verzeihen, solltet Ihr mir eine gewisse Unruhe anmerken.«

»Du reitest bereits einen Greifen, Jun-san. Wieso brauchst du überhaupt die Hilfe des Shōguns?«

»Meine Großmutter hat geweissagt, jenes Kind der Kitsune würde eine *Armee* Arashitora anführen. Doch die Donnertiger wollen uns nur dann zur Seite stehen, wenn wir selbst gegen die Gilde in die Schlacht ziehen. Allein der Shōgun kann diesen Befehl geben.«

»Nur gibt es derzeit keinen Shōgun, der den Chi-Händlern die Stirn bieten könnte, Jun-san.«

»Erhabene Herrin, wird Euer Gemahl seinen Bruder besiegen und zum Herrscher der vier Throne Shimas aufsteigen?«

»Nichts im Leben ist gewiss, Jun-san. Das trifft auch auf das Ringen zwischen dem Bären und dem Bullen zu.«

»Meine Großmutter hat mich anderes gelehrt, Herrin Ami. Sie hat in mir den Glauben erweckt, dass ich dieses Reich vor sich selbst retten kann. Und ebendas werde ich auch tun.«

»Entschuldigt mich, Herrin«, murmelte das Dienstmädchen. »Ich hole nur rasch frischen Tee.«

Jun hörte, wie es sich erhob und mit kleinen Schritten über die Dielen davoneilte. In seinem Kopf schnurrten die Katzen. Die Herrin Ami streichelte sie und schwieg. Überdeutlich war er sich seiner Blindheit bewusst – wie er sich doch nach der kleinen Mikayo auf seiner Schulter sehnte! Hätte er durch die

Augen der Katzen geschaut, so hätte er nur sich selbst gesehen. Nicht ihr Gesicht oder ihre dunklen Augen, die fraglos auf ihn gerichtet waren, während sie nachdachte, ihre schönen rubinroten Lippen zusammengepresst ... Und er erinnerte sich ...

»Herr Jun, ich habe dir diese Audienz gewährt, weil ich große Achtung hege für die stolze Bestie, auf deren Rücken du hergeritten bist. Mein Vater hat meiner Schwester und mir immerzu Geschichten über die großen Sturmtänzer der Vergangenheit erzählt. Aber dieses Gerede von Prophezeiungen und deiner Bestimmung ... Meinen Gemahl wirst du damit nicht für deine Sache einnehmen. Und sollte Herr Riku über seinen Bruder triumphieren, sieht es noch schlechter für dich aus. Doch ehe die Arashitora fortziehen, wird der Krieg ohnehin kaum entschieden sein.«

Jun hörte, wie das Dienstmädchen den Saal verließ und leise die doppelflügelige Tür hinter sich schloss.

Den Riegel vorlegte.

Den Kopf zur Seite geneigt, lauschte er angestrengt. Dann rappelte er sich auf.

»Sollte dir meine Antwort missfallen, so dauert mich dies«, fuhr die Herrin Ami fort. »Doch wenn du nichts weiter vorzubringen hast ...«

Jun packte seinen Gehstock mit beiden Händen und zog ihn auseinander: Eine schmale armlange Klinge aus gefaltetem Stahl glitt aus ihrer Scheide.

»Herr Jun!«, sagte die Herrin warnend.

Mit einem Satz sprang er über das niedrige Tischchen und fegte dabei Kanne und Schälchen zu Boden. Die Herrin Ami war nun auch auf den Beinen und wich hastig zurück, die Hand am Griff ihres Tantō, das im Trommelknoten ihres Obi versteckt war. Die Wachen im Saal schrien auf und rannten mit erhobenen Speeren auf den blinden Jungen zu, eisern entschlossen, ihre Herrin zu beschützen.

Die Attentäter in den Dachsparren sahen sie nicht.

Ein fremdartiges, merkwürdig gedämpftes Knattern hallte durch den Saal – *tack-tack-tack-tack-tack!* –, und dann zischten unzählige glitzernde Shuriken herab, zerschnitten Leder und durchdrangen eiserne Brustplatten. Die Wachen schrien, und ihr Blut ergoss sich auf die polierten Dielen. Jun stieß die Herrin Ami mit dem Rücken gegen eine Säule und schirmte sie ab. Er bewegte sich wie langes wogendes Gras im Winterwind und schlug mit seiner Klinge die Shuriken aus der Luft, einen, zwei, drei, den Kopf schiefgelegt, die Augen geschlossen, einen Ausdruck äußerster Konzentration auf dem Gesicht. Einer der Wurfsterne schnitt ihm den Arm auf, ein anderer streifte seine Wange, und seine Züge verzerrten sich vor Schmerz. Blut lief aus den Wunden, leuchtend rot, doch noch immer wirbelte er vor der Säule durch den Schauer und schwang seine Klinge wie ein Dirigent seinen Stab.

Eine rasche Folge dumpfer Klickgeräusche, dann Stille. Nur der bebende Atem der Herrin und das Stöhnen der sterbenden Wachen waren noch zu hören. Nichts regte sich.

Dann ließen sich mit einem Mal dunkle Gestalten aus den Dachsparren fallen: Männer, von Kopf bis Fuß in Schwarz gekleidet. Stell sie dir vor, Affenkind: Sie trugen lockere Kleidung, Tücher vor Mündern und Nasen, und unter den Kapuzen schimmerten dunkelrot die Gläser ihrer Schutzbrillen. In den Händen hielten sie skurrile Apparate mit flachen Läufen. Die steckten sie nun wieder in ihre Obi und zogen aus Rückenscheiden Katanas, deren Klingen mit spitzen Zähnen besetzt waren.

Motoren heulten auf, und die Sägeketten setzten sich in Bewegung. Jun runzelte angestrengt die Stirn: Der Lärm übertönte die leisen Schritte der Männer. Jetzt zückte die Herrin Ami ihr Messer. Sie atmete stoßweise, wankte und wich jedoch nicht.

»Sie sind zu acht«, raunte sie ihm ins Ohr.

»Ich weiß.« Er nickte bedächtig. »Könnt Ihr mit Eurem Tantō umgehen?«

»Bei Weitem nicht so gut wie du mit deiner Klinge. Sollten wir dies lebend überstehen, musst du mir unbedingt erzählen, wie aus einem blinden Maler ein Schwertmeister geworden ist ...«

»Bleibt hinter mir, Herrin. Ich beschütze Euch mit meinem Leben.«

Näher und näher schlichen die Meuchelmörder heran. Die Herrin Ami wisperte:

»Hab Dank, Jun-san!«

»Ihr müsst mir nicht danken.« Der Junge lächelte. »Mir droht keine Gefahr.«

»Es ist ein schmaler Grat zwischen Selbstvertrauen und Hochmut, Herr Jun.«

»Ich bin nicht hochmütig, Herrin. Es ist eben bloß unmöglich, dass ich heute den Tod finde.« Gewinnend lächelte er sie an. »Denn noch habe ich die Welt nicht gerettet!«

Affenkind, hätte es sich bei der ganzen Sache um ein Kabuki-Stück oder um eine Puppentheateraufführung in den Straßen einer eurer Narben gehandelt, die Bösewichte wären ganz manierlich einer nach dem anderen auf den schneidigen jungen Helden zugestürmt, sodass er sie vor den Augen der jubelnden Menge der Reihe nach hätte aufspießen können. Und wunderlich genug: Zunächst griffen nur zwei den blinden

Jungen vor der Säule an, einer ein paar Schritte hinter dem anderen. Vielleicht hatten sie seine milchweißen Augen gesehen und glaubten, sie hätten leichtes Spiel.

Der erste Attentäter schwang sein brummendes Schwert wie eine Sense, doch Jun wich aus. Schon mich hatte er vor den anderen Arashitora mit seiner atemberaubenden Schnelligkeit beschämt, und auch jetzt leistete sie ihm gute Dienste: Er duckte sich unter einem zweiten Hieb hindurch und stieß dem Mann seine schmale Klinge in die Brust, einmal, zweimal, wirbelte dann um die eigene Achse und trat dem Angreifer wuchtig in den Bauch.

Der blutende, sterbende Mann taumelte rücklings gegen seine Kameraden, und sofort schlitzte Jun dem zweiten leichtfertigen Attentäter die Kehle auf. Blut spritzte ihm ins Gesicht. Die Herrin Ami erstickte einen Laut des Entsetzens.

Und dann war alles heilloses Chaos: Die verbliebenen sechs Kettensägenklingen pfiffen durch die Luft, die Motoren jaulten, blauschwarzer Dunst waberte in der Luft. Jun drängte die Herrin hinter die Säule, tauchte unter einem Schlag hindurch und entging mit einem Salto den nächsten vier Schwertstreichen. Kaum gelandet, warf er einem der Angreifer das Scheidenende seines Gehstocks entgegen und durchtrennte einem anderen die Oberschenkelmuskulatur. Die Abgase der Motoren brannten ihm in der Kehle, und über das Kreischen der Kettensägenkatanas hörte er gar nichts mehr. Stumm dankte er den Göttern für die beiden Katzen, die sich am Rand des Saals herumdrückten.

Durch ihre Augen sah er.

Mich aber rief er.

Ich hatte mich im dürren Schatten einer kränklichen Sicheltanne niedergelassen und langweilte mich. Immer wenn einer der verschreckten Diener in meine Richtung lugte, knurrte ich böse. Gerade überlegte ich, ob ich auffliegen und Kreise über dem Palast ziehen sollte, um dem widerlichen Gestank zu entrinnen, da hörte ich den Jungen in meinem Kopf schreien. Gleichzeitig überkam mich ein Gefühl der Bedrohung, und mein Nackengefieder sträubte sich.

*Koh, liebe Freundin ... Hilf uns!*

Ich weiß nicht, wie ich es dir erklären soll, Affenkind. Eure Sprache ist so plump und gestaltlos, die Bedeutung eurer Worte schwammig. Ich kann nur sagen: Ich erkannte, dass es seine Stimme war, und doch schien es mir, als wäre *ich selbst* in Gefahr. Mir war, als stünde ich neben ihm in jenem Saal und spürte das Gewicht seiner Klinge in meiner ... ja, in meiner Hand. Lag es daran, dass er so viel Zeit in meinem Geist verbracht und durch meine Augen geblickt hatte? Oder an der seltsam innigen Verbundenheit, weil wir einander so ähnlich waren: beide Waisen, beide Ausgestoßene, beide einsam? Damals hätte ich es nicht sagen können, und heute macht es mich schwermütig, über diese Fragen nachzusinnen. Deshalb will ich nicht weiter über das Wie philosophieren. Lieber erzähle ich dir, was es zur Folge hatte.

Unter meinem Ansturm zersprangen die Türen des Affennestes wie Glas, und die polierten Dielen zersplitterten unter meinen Klauen. Ich konnte den Himmel nicht sehen, weder Sonne noch Mond, und es schnürte mir das Herz zusammen. Wie konnte irgendjemand so leben? In einer riesigen stinkenden Schachtel aus Stein, Lehm und Zweigen, vollgestopft mit hübschem, nutzlosem Plunder? Trotzdem rannte ich in langen Sätzen weiter. Knisternd züngelten Blitze über meine Schwingen. Ich warf mich mit so viel Wucht gegen eine zweite Tür, dass gleich die ganze Wand in Trümmer ging.

Wie eine Motte auf die Kerzenflamme zustrebt, hielt ich auf seine Gedanken zu. Noch eine Wand war mir im Weg; ich brach hindurch, ohne langsamer zu werden. Und da war er! Zusammen mit dem angemalten Affenmädchen drängte er sich an eine Steinsäule. Männer in Schwarz hatten sie umstellt; sie fuchtelten mit brummenden, heulenden Stahlsplittern in der Luft herum.

Wie ich brüllte! Ich jagte durch den Saal, bäumte mich auf und schlug kräftig mit den Flügeln. Ein Donnerschlag krachte – Raijins Lied riss eine tiefe Furche in den Dielenboden. Die drei Männer, die mir am nächsten standen, waren zu mir herumgefahren, doch das nützte ihnen herzlich wenig: Die Druckwelle riss sie in Stücke.

Ich habe es dir schon gesagt, Affenkind: Eure Worte sind kaum zu gebrauchen. Wir kämpften, der Junge und ich, ich an seiner Seite und er an meiner. Und ich weiß, ich hackte mit meinem Schnabel und hieb mit meinen Klauen, und der Junge stach mit seiner Klinge zu. Doch ich erinnere mich auch, wie ich mit meiner Klinge zustieß, und er mit seinem Schnabel hackte. Ich verlor mich nicht in Raserei – nein, ich verlor mich in ihm. Die Grenzen zwischen uns lösten sich auf. Ich spürte ihn in meinem Geist: Er sah durch meine Augen, floss durch mich hindurch, bewegte sich im Einklang mit mir. Und da begriff ich, wie ihr einst auf den Namen »Sturmtänzer« gekommen seid: Es ist das einzige Wort, das ihr habt, mit dem ihr annähernd beschreiben könnt, was wir beide inmitten all des Geschreis, des spritzenden Blutes und der kreischenden Schwerter taten.

Wir tanzten.

Und dann war es vorbei. Keuchend standen wir da, unsere geballten Fäuste zitterten, und er sah sich selbst durch meine

Augen, während ich ihn musterte. Bleich war er, blutverschmiert und außer Atem. Aus einem Ganzen wurden wieder zwei; das Gefühl, untrennbar miteinander verschmolzen zu sein, löste sich auf wie der Morgennebel nach Sonnenaufgang. Es überraschte mich, wie sehr ich mich danach sehnte, es erneut zu verspüren.

*Ich danke dir, Koh, meine liebe Freundin.*

*DU BLUTEST. BIST DU SCHLIMM VERLETZT?*

*Ein, zwei Kratzer. Kaum der Rede wert.*

*UND DIE GEFÄHRTIN DES AFFEN-KHANS?*

»Seid Ihr unversehrt, Herrin?«

»Ich ...« Mit großen Augen schaute die Herrin Ami an sich hinab. »Ich glaube schon ...«

»Wer waren diese Männer?« Der Junge deutete auf die toten Attentäter.

»Das weiß ich nicht.« Die Herrin bückte sich und hob eins der sonderbaren Schwerter auf. »Solch eine Klinge habe ich noch nie gesehen ... Mein Gemahl muss unverzüglich Kunde haben!«

»Ich kann ihm Eure Nachricht überbringen, wenn ich ...«

»Und ich soll geduldig hier warten, bis ich erneut von Meuchelmördern angegriffen werde? Nichts da, Herr Jun!« Sie sah sich zu der doppelflügeligen Tür um, die das Dienstmädchen hinter sich verriegelt hatte. »Wie es scheint, kämpft Herr Riku nicht allein auf dem Schlachtfeld; meine Leibdiener haben mich verraten und verkauft.« Nun wanderte ihr Blick über die hingeschlachteten Wachen in den Blutlachen. »Meine besten Männer sind niedergemacht. Was soll werden, wenn man mich das nächste Mal in Bedrängnis bringt?«

»Was schlagt Ihr vor, Herrin Ami?«, fragte Jun. »Ich kann nicht hierbleiben, um Euch zu beschützen.«

Die junge Frau betrachtete mich von der Schwanz- bis zur Schnabelspitze. Der Gestank nach Blut und Exkrementen nahm sie sichtlich mit. Ihre Hände zitterten, und sie war totenblass. Dennoch war ihre Stimme eisern, ihr Blick stählern. »Wie gesagt, Herr Jun: Mein Vater hat mir so viele Geschichten über die Sturmtänzer erzählt.« Ihr Lächeln sah aus wie eine geschwungene, frisch geschliffene Klinge. »Und es sieht ganz so aus, als hätten auf dem Rücken deiner Freundin *zwei* Reiter Platz ...«

•••

Die Sonne glich einem brennenden Auge am Himmel. Das Heer des Bullen war vollständig aufmarschiert, um dem Feind den Garaus zu machen. Bushimänner in eisernen Brustpanzern hielten Naginata in den mit Panzerhandschuhen bewehrten Händen und bildeten ordentliche Reihen. An den Flanken waren berittene Bogenschützen aufgestellt. Die Vorhut bildeten einhundert Samurai. Ihre Jin-Baori und Helmquasten waren blutrot – die Tiger-Farbe. Darunter trugen sie die zischenden, surrenden Rüstungen der Gilde. Jeder war mit einem Kettensägendaishō bewaffnet. Chi-Abgase trübten die Luft, und das Dröhnen der Motoren zerriss die Stille vor der Schlacht. Über den Halbmasken kniffen die Samurai die Augen zusammen, vielleicht um sie vor dem blauschwarzen Dunst, der grellen Sonne oder dem Zugwind des Ansturms zu schützen, der zu erwarten war.

In der Nachhut ritt Herr Tatsuya auf einem weißen Hengst. Das arme Tier keuchte in der schlechten Luft. An einer langen Stange auf seinem Rücken flatterte Tatsuyas Nobori: Auf dem langen, schmalen Banner prangten das Wappen des Tiger-Clans und die geschwungenen Kanji des Kazumitsu-Geschlechts. Er hatte die chibetriebene Rüstung ausgeschlagen, die Maru für ihn vorgesehen hatte – stattdessen hatte er seine traditionelle Ōyoroi angelegt. Es kam ihm nur passend vor, die Herrschaft über das Shōgunat in dieser Rüstung zu erringen, die ihm der verstorbene Shōgun zum Geschenk gemacht hatte. Er schaute zu den Himmelsschiffen mit ihren schwirrenden Propellern auf. Die wasserstoffgefüllten Ballons knarrten. Verächtlich verzog er den Mund. Die Gildenschiffe lungerten über dem Schlachtfeld wie fette Aasvögel, die es kaum erwarten konnten, sich am Leichnam seines Bruders gütlich zu tun.

Der Bulle wandte den Blick ab und atmete tief durch. Prompt kratzte ihm die abgasgeschwängerte Luft im Hals. Er hob die Hand – ein Marionettenspieler, der die Fäden spannt – und gab den Befehl zum Angriff.

Ein Schrei pflanzte sich durch die Reihen fort, und die Vorhut setzte sich in Bewegung: In großen Sätzen rannten die Samurai den Hang hinauf. Der Anblick von Tatsuyas besten Kriegern hätte schon unter gewöhnlichen Umständen jeden gemeinen Soldaten zum Schlottern gebracht. Doch jetzt? In den Gildenrüstungen wirkten die Samurai wie Riesen, und die eisernen Halbmasken ihrer Helme waren fürchterlichen Oni-Fratzen nachempfunden. Was mochten die Männer an der gegnerischen Front denken, die diese Ungeheuer auf sich zustürmen sahen? Pfeile regneten auf sie nieder, durchschlugen das geprägte Eisen jedoch nicht, sondern prallten wirkungslos ab oder zerbrachen sogar. Die Samurai rissen ihre kreischenden Kettensägenklingen hoch in die Luft und brüllten. Sie waren nun nah genug heran, um das Entsetzen in den Mienen der Feinde zu sehen.

Riku hatte an vorderster Gefechtslinie nicht seine Samurai, sondern Speerträger aufmarschieren lassen, Soldaten aus dem gemeinen Volk. Ihre Naginata sahen aus der Ferne aus wie glitzerndes Dornengestrüpp. Die Männer streckten die Klingen vor, als könnten sie so die anrollende Woge brechen. Die Formation war durchaus klug gewählt: Auf diese Weise konnte der Bär erst einmal beobachten, welchen Schaden dieser neuartige technologische Schrecken unter seinem Fußvolk anrichtete, ehe er seine wertvollsten Streitkräfte ins Gefecht schickte. Die Weisheit ihres Feldherrn war seinen Speerträgern jedoch gewiss kein Trost – Tatsuyas Samurai erreichten sie und widmeten sich sogleich der grausigen Aufgabe, sie in Stücke zu hauen. Mühelos schnitten die Schwerter der Gilde durch Leder und dünne Eisenplatten, während die Speere gegen die Rüstungen der Samurai etwa so nützlich waren wie Zahnstocher gegen eine Felswand.

Tatsuya wandte sich seinem Signalgeber zu und hob eine Hand. Es würde nicht lange dauern, bis die Vorhut sich zu den Bogenschützen vorgearbeitet hatte. Sobald sie ausgeschaltet waren, würde er die Infanterie losmarschieren lassen. Dann konnten seine Bushimänner ungehindert den Hang erklimmen, und die Schlacht war so gut wie geschlagen ... Über das Dröhnen der Motoren und das Jaulen der Kettensägenschwerter hinweg hörte er nun deutlich die Schreckensschreie und das schmerzerfüllte Kreischen verletzter Männer. Die Waffen der Gilde richteten wahrhaftig ein Blutbad ...

*Moment mal!*

Der Schlachtenlärm kam ihm plötzlich weniger laut vor, beinahe gedämpft, als wären die Bassinstrumente in dieser blutigen Symphonie abrupt verstummt. Er spähte den Hang hinauf und zog sich schließlich die Schutzbrille von der Stirn über die Augen. Durch das getönte Glas sah er Krieger wanken und stürzen – große Männer in Ehrfurcht gebietenden Rüstungen. Die Kettensägenschwerter fielen ihnen aus den starren Händen. Über den Oni-Masken waren ihre Augen weit aufgerissen, und er hörte ihre zornigen und verzweifelten Schreie.

Hauptmann Ukyō stand in den Steigbügeln auf und beschattete mit einer Hand seine Augen. »Was bei allen Höllen ist da los?«

»Horch!«, sagte Tatsuya.

Ukyō legte den Kopf schief. Lauschte. Sein Gesicht wurde bleich.

»Die Motoren der Rüstungen«, raunte Tatsuya und blickte zu den Gildenschiffen auf. »Sie sind ausgefallen!«

Er glaubte Messing blitzen zu sehen. Dann fielen bauchige Silhouetten über die Relings der Schiffe – Fässer mit brennenden Lunten. Zwei von ihnen schlugen kurz hintereinander inmitten der Bogenschützen ein. Die Explosionen waren ohrenbetäubend. Tatsuyas Männer wurden zerfetzt, als wären sie aus Papier. Tatsuya brüllte. Ein kochend heißer Windstoß traf ihn wie ein Faustschlag ins Gesicht. Benommen sank er auf dem Rücken seines Pferdes zusammen. Wieder krachte es, wieder und wieder. Das Feuer verzehrte seine Armee wie trockenes Sommergras, und endlich begriff er, was geschah.

Kaltes Entsetzen befiel ihn.

»Verrat!«, schrie er mit überschnappender Stimme.

Eine Explosion jagte die nächste, der Bombenhagel riss gewaltige Löcher in seine Reihen. Kreischende Verwundete blieben zurück: Männer mit fehlenden Gliedmaßen und geschmolzenen Gesichtern, Haufen aus blutigem Fleisch und verkohlten Knochen. Tapfere Soldaten und mutige Krieger, verkümmert zu wimmernden Kindern. Sie drückten blutige Hände vor ihre schrecklichen Wunden oder zappelten in Lachen ihrer eigenen Körpersäfte. Dazwischen scheuende, schreiende Pferde. Feuer überall: lodernde Flammen, beißender Rauch. Und noch immer warfen die Gildenschiffe ihre grauenhafte Ladung auf seine desorientierten, gelähmten Soldaten ab.

»Hoher Herr!«, brüllte Ukyō. »Achtung!«

Der alte Hauptmann versetzte Tatsuyas Hengst einen Schlag aufs Hinterteil. Das Tier tat einen Satz nach vorn – und im nächsten Augenblick explodierte eins der Fässer und zerfetzte ihn. Die Druckwelle schleuderte Tatsuya vom Pferd. Sein Banner schleifte durch den Dreck, beinahe wäre die Stange zerbrochen. Wieder eine Explosion in der Nähe, scharfe Splitter zischten durch die Luft, und ringsum gingen blutige Erdschollen nieder. Vom Hang glaubte Tatsuya noch immer die Todesschreie seiner Samurai herabwehen zu hören, die nun von Rikus Elite hingemetzelt wurden. Er schmeckte Galle in der Kehle. Schwankend rappelte er sich auf und sah, wie eine weitere lodernde Flammensäule seine restlichen Bogenschützen verschlang.

»Rückzug!«, brüllte er aus vollem Halse. Das Wort lag bitter und schwarz auf seiner Zunge. »Beim Atem des Schöpfers, man hat uns verraten! Rückzug! *Rückzug!*«

Er rannte zu seinem blutbespritzten Schlachtross hinüber. Es hatte die Augen weit aufgerissen und die Ohren angelegt, hielt jedoch lange genug still, dass sein Herr aufsitzen konnte. Tatsuya hieb ihm die Fersen in die Flanken – doch wohin? Sie mussten dem Bombardement entrinnen. Brauchten einen erhöhten Rückzugsort, der sich verteidigen ließ. Steindächer über den Köpfen.

Er schaute nach Westen. In Richtung der vier schneebedeckten Gipfel, die hoch über den Hügeln aufragten.

»Flieht!«, brüllte er. »Flieht zu den Schwestern! Los, los, los!«

Männer stürzten auf herumirrende Pferde zu oder rannten einfach los. Sie ließen die Waffen fallen und streiften die Brustpanzer ab – fort, nur fort mit allem, was sie behinderte! Der Rauch hing jetzt so dicht über dem Schlachtfeld, dass die Gilde das Bombardement eingestellt hatte – vorerst zumindest. Doch bald schon hätten Rikus Streitkräfte Tatsuyas Samurai allesamt erschlagen, und dann würden sie die Verfolgung aufnehmen. Wie rasch aus dem Jäger der Gejagte geworden war!

Tatsuya spähte durch den wallenden dunklen Rauch den Hang hinauf. Ihm war, als sähe er einen groß gewachsenen Mann über die Hingemordeten steigen. Ein Banner flatterte hinter ihm her, auf dem die Schriftzeichen der Kazumitsus zu erahnen waren; seine kunstvoll geschmiedete schwarze Rüstung glich Tatsuyas bis aufs Haar. Sie glänzte, nass von Blut. Tatsuya erinnerte sich an den Tag, an dem ihr Vater Riku und ihm die Rüstungen geschenkt hatte. Damals waren sie von Jungen zu Männern geworden.

Und nun?

Nun hatte Riku sich den Chi-Händlern verkauft wie eine Hure.

»Die Götter sollen Euch verfluchen für Eure Dummheit, Bruder«, murmelte Tatsuya. Dann riss er den Hengst herum und floh.

•••

Der Sonnenuntergang tauchte die Wolken in blutrotes Licht. Wie eine offene Wunde war der Himmel, man konnte kaum hinschauen. Es war, als hätte das Leiden selbst eine Farbe angenommen und hinge ringsumher sichtbar in der Luft. Unter uns lagen Bauernhöfe. Felder, so weit das Auge reichte. Zwischen Weizen, Mais und Reis wanden sich endlose Streifen

Lotusblüten wie Flüsse aus Blut. Jahr für Jahr schwollen sie weiter an, wurden immer breiter. Reißender.

Jun und Ami saßen auf meinem Rücken. Die Herrin hatte sich eng an den Jungen geschmiegt und die Arme um seine Taille geschlungen. Juns Adern summten wie Drähte unter Hochspannung, und die Zunge klebte ihm am Gaumen. Sein Geist berührte meinen, und so nahm ich all das deutlich wahr – wenn vielleicht auch gedämpfter als er selbst. Doch ich war mir überdeutlich ihres warmen, kurvenreichen Leibes an seinem Rücken bewusst. Ihr sanfter Atem strich über seinen Nacken und ließ elektrische Funken über seine Haut rieseln.

Kindheitserinnerungen zogen an seinem inneren Auge vorbei: ein Garten, helles Gelächter und langes Haar, das einem schwarzen Seidenband glich. Er war berauscht von ihrer Nähe, konnte aber nicht eine Sekunde lang vergessen, dass die Herrin die Gemahlin eines anderen Mannes war – und keines geringeren als des zukünftigen Shōguns des Inselreiches! Sie schien sich nicht daran zu stören, welche Wirkung sie auf ihn hatte. Er hingegen wusste nur zu gut: Sie war eine erfahrene Frau, noch dazu die Frau eines anderen – und er nur ein Junge. Höfische Intrigen waren ihm fremd. Woher sollte er die Waffen kennen, die dort zum Einsatz kamen? Wie begreifen, welchem Zweck sie dienten? Er kam sich einfältig vor. Unbeholfen. Tölpelhaft.

»Wie schnell deine Freundin fliegt, Sturmtänzer Jun!«, sagte die Herrin Ami.

Zwar plapperte sie in der Affensprache, aber ich stellte fest, dass ich sie durch Juns Ohren ganz gut verstehen konnte. Wie befremdlich! Und gleichzeitig fand ich es faszinierend, eure ungelenke Sprache Gestalt in meinem Kopf annehmen zu sehen. Das lenkte mich ab. Ich muss gestehen, dass ich immer noch Angst hatte vor diesem Jungen, der so leicht in meinen Geist schlüpfen konnte und mich durch seine bloße Anwesenheit veränderte. Doch ich ließ ihn bleiben und lauschte den Worten der Herrin, seinem Herzen und der knisternden Spannung zwischen ihnen in der Luft.

»Da habt Ihr recht«, sagte Jun. »Wenn wir die Nacht durchfliegen, stoßen wir womöglich noch vor der Morgendämmerung auf die Armee Eures Gatten.«

»Sollte der Sieg noch nicht errungen sein, finden wir sie im Finstern nicht. Die Hauptleute lassen keine Feuer entzünden: Der Feind soll nicht wissen, wo das Heer lagert.«

»Koh hat scharfe Augen.«

Sie seufzte, und Jun erzitterte, als ihr Atem sein Ohrläppchen kitzelte. Das Blut schoss ihm in die Lenden, und er leckte sich die knochentrockenen Lippen.

»Was wird aus mir, wenn ich einschlafe?«, fragte die Herrin Ami. »Vielleicht sollten wir die Plätze tauschen, Sturmtänzer. Dann könntest du die Arme um mich legen und mich festhalten.«

Jun war sich des wachsenden Problems unterhalb seiner Gürtellinie deutlich bewusst. Der Gedanke, die zukünftige Herrin Shimas könnte sich aus Versehen dagegenlehnen, erfüllte ihn mit Entsetzen. Ich spürte, wie ihm die Hitze in die Wangen stieg – sie mussten röter sein als der Himmel. All das fand ich belustigender als erwartet.

*MÜDE IST SIE NICHT. EHER HUNGRIG.*

*Ihr Götter! Was ist denn nur los mit ihr?*

*SIE IST DANKBAR, DASS DU IHR DAS LEBEN GERETTET HAST.*

*Sie ist eine verheiratete Frau!*

*MAG SEIN. DANKBAR IST SIE TROTZDEM.*

»Vielleicht sollten wir lieber landen und uns ein wenig ausruhen, Herrin Ami«, schlug Jun vor. »Wir haben einige Strapazen hinter uns, und ich fürchte, morgen stehen uns weitere bevor.«

»Ich soll in der Hütte eines Bauern nächtigen?«

»Ehrlich gesagt halte ich es für das Beste, andere Leute zu meiden. Wir würden nur Aufsehen erregen. Und was, wenn wir an jemanden geraten, der Eurem Schwager treu ergeben ist? Oder an jemanden, der begreift, wie viele Münzen Ihr ihm einbringen könntet?«

»Wir reisen mit einer Donnertigerin, Jun-san. Welcher Narr würde uns übelwollen?«

»Narren gibt es viele, Herrin. Immerhin ist es der Gilde in diesem Reich möglich, zu wachsen und zu gedeihen.« Er zuckte mit den Schultern. »Gier treibt die Menschen zum Äußersten. Und ich habe kein Verlangen danach, heute noch jemanden zu erschlagen.«

»Nun denn. Sollen wir also im Schlamm schlafen?«

»Was haltet Ihr hiervon?« Jun deutete nach unten. Inmitten eines Feldes voller roter Blüten hatte er durch meine Augen eine große, einsame Scheune entdeckt. »Genau das Richtige für eine Rast.«

»O ja – was für eine prächtige Scheune! Sie wirkt geradezu hochherrschaftlich!«

Ich zog weite Kreise über dem Feld und ging dabei immer tiefer. Es wurde jetzt rasch dunkler. Mein Blick wanderte zu den Vier Schwestern im Nordwesten. Welche Stimmung herrschte wohl gerade im Himmelsrat vor? Waren schon alle zu Wort gekommen? Was sollten wir tun, wenn der Khan seine Entscheidung traf, ehe wir es zurückgeschafft hatten?

Mir war nicht wohl dabei, Halt zu machen, aber der Junge brauchte eine Pause: Die lange Wanderung, der Kampf und die Last seines Schicksals machten ihm zu schaffen. Ein paar Stunden konnten wohl nicht schaden. Nur weil er schlief, musste ich es ja nicht tun.

Im Landeanflug glitten wir tief über dem Feld dahin. Mein Flügelschlag drückte die Lotusblumen nieder. Blütenblätter, rot wie die Abendsonne am Horizont, trudelten hinter uns durch die Luft; als ich aufsetzte, holten sie uns ein und gingen wie ein sanfter Regen auf uns nieder. Die Herrin ließ den Jungen los und glitt von meinem Rücken. Mit staunenden Augen blickte sie mich an, als glaubte sie zu träumen.

»Ach, wie schön deine Freundin ist ... Beim Atem des Schöpfers, du blutest ja!«

Jun saß ebenfalls ab, das Gesicht schmerzlich verzogen. Er hielt sich den Oberarm. Der Schnitt auf seiner Wange war verschorft, doch sein Hemd hatte sich langsam, aber stetig mit Blut vollgesogen. Im schwachen Abendlicht sah es beinahe schwarz aus. Die Besorgnis der Herrin wirkte echt. Ihre Hände schwebten in der Luft, als hätte sie mit einem Mal Angst, ihn zu berühren.

»Es ist bloß ein Kratzer, Herrin Ami«, sagte Jun. »Wirklich ... Nicht der Rede wert.«

Sie war ganz blass. Angesichts des Blutes, der gedüngten Felder und des Schmutzes ringsum drohte ihr der Verlust ihrer adeligen Contenance. Und doch hörte ich in ihrer Stimme wieder jene eiserne Entschlossenheit.

»Die Wunde muss versorgt werden.«

»Gnädige Herrin, ich ...«

»Du hast mir das Leben gerettet, Jun-san«, sagte sie unnachgiebig. »Es ist mir eine Ehrenpflicht.«

ICH MUSS LOS.

Verwirrt schaute Jun zwischen der Herrin und mir hin und her. *Warte mal ... Wohin denn?*

ICH SCHAUE BEI DEN VIER SCHWESTERN VORBEI. MORGEN FRÜH BIN ICH ZURÜCK.

*Du willst mich mit ihr allein lassen?*

HIER SPÜRT EUCH SO SCHNELL NIEMAND AUF.

Jun warf der Herrin Ami einen nervösen Blick zu. Sie hatte seinen Gürtel gelöst und ihm den Mantel abgenommen; nun war sie damit beschäftigt, behutsam den klebrigen Stoff seines Hemdes von seiner Haut zu pulen.

*Ich fürchte nicht so sehr, dass uns jemand aufspüren könnte ...*

ICH MUSS HERAUSFINDEN, WIE SICH DIE RATSVERSAMMLUNG ENTWICKELT. VIELLEICHT MIT DEM KHAN SPRECHEN.

*Werden die anderen Arashitora dir denn zuhören, obwohl du ein Weibchen bist?*

MEIN FREUND WIRD MIR HELFEN. MEIN BRUDER, DER NICHT WIRKLICH MEIN BRUDER IST. RAHH HEIßT ER. WENN ES SEIN MUSS, SPRICHT ER AN MEINER STATT.

*Aber du kommst zurück, liebe Freundin?*

Ich musterte den Jungen von oben bis unten. Spürte seine Angst. Ohne mich wäre er wieder blind. Blind und allein ...

JA. WENN DER MORGEN DÄMMERT. SORGE DICH NICHT.

Damit wandte ich mich ab, machte ein paar große Sätze und schwang mich in die Lüfte. Ich zog eine Spur wirbelnder Blütenblätter hinter mir her; wild tanzten sie im Sturmwind meiner Schwingen. Von oben schaute ich auf den Jungen und die Herrin hinab, die dicht beisammen in dem wogenden roten Feld standen. Es kam mir beinahe vor, als wären sie auf einer kleinen Insel inmitten eines gewaltigen Ozeans aus Blut

gestrandet, und die Wellen schlugen höher, immer höher –
bald würden sie die beiden verschlingen.

So ein Unfug! Ich schüttelte den Kopf, um die törichten Gedanken zu verscheuchen, und wandte meinen Blick den Vier
Schwestern zu. Der Himmel verdunkelte sich rasch, aber noch
waren ihre Silhouetten klar zu erkennen. Ich schlug kräftig
mit den Flügeln. So schnell ich konnte, schnitt ich durch Wolken und Wind, hielt unbeirrbar auf den Ort meiner Geburt zu.

Stundenlang war ich für mich. Dachte an meine Eltern.
Meinen Bruder. Den schwarzen Schleim, den sie alle drei
hochgehustet hatten, als es mit ihnen zu Ende gegangen war.
Er hatte widerlich gestunken – genauso wie die brummenden Schwerter der schwarzgekleideten Männer, die über die
Herrin Ami hergefallen waren. Mit den Winkelzügen und der
Politik der Affenkinder konnte ich nichts anfangen, doch eins
schien offensichtlich: Diejenigen, die den Himmel vergiftet
hatten, wollten auch den Tod der Herrin. Also hatten sie es
vielleicht nicht nur auf sie, sondern auch auf ihren Gefährten
abgesehen – den Mann, der womöglich der nächste Affen-
Khan werden würde.

Könnte der Feind meines Feindes mein Freund sein?

Waren doch nicht alle Affenkinder gleich? Für blind,
dumm und leichtfertig hatten wir sie gehalten. Aber hatten
wir vorschnell geurteilt? Hatten wir sie alle für den Unver-
stand weniger verantwortlich gemacht? Doch selbst wenn
das stimmte – wie sollte ich die anderen Arashitora davon
überzeugen? Würde mein Khan mich auch nur anhören? Oder
würden wie üblich seine Angst und der Schmerz seines Verlustes sein Handeln bestimmen?

Die tiefste Nacht war schon verstrichen, als ich endlich im
Gleitflug über die verschneiten Bergspitzen und Schluchten

meiner Heimat segelte. Der frostige Wind liebkoste meine Wangen wie zur Begrüßung, und ich staunte darüber, wie glücklich ich war, wieder zu Hause zu sein. Wie ich das Gebirge liebte: das wandernde Eis, den klagenden Wind, die hoch aufragenden Reißzähne aus schwarzem Granit! Und wie schmerzlich war der Gedanke, für immer fortfliegen zu müssen, wie groß mein Hass auf die, die uns vertreiben wollten!

Ich kreiste über dem Thron des Khans und hielt Ausschau nach Rahh. Endlich erspähte ich ihn: Er hatte sich in einer Steinmulde zusammengerollt und die Flügel eng an den Leib gelegt. Der Bruder, der nicht wirklich mein Bruder war, mir jedoch näherstand als jeder andere Verwandte. Ihn würde ich wählen, wenn mich die erste Hitze überkam. Wir lieben nicht wie ihr, Affenkind. Doch das bedeutet nicht, dass wir nicht lieben.

*»Rahh.«*

Ich landete neben ihm. Hier und da regten sich Arashitora, brummelten leise und steckten die Köpfe unter die Flügel. Rahh jedoch schlummerte weiter. Unbeirrt. Der Donnergott hätte direkt neben seinem Kopf Blitze einschlagen lassen können, und er hätte nichts davon mitbekommen. Ich schnurrte ihm seinen Namen ins Ohr, leise und weich wie Samt.

*»Rrrrrrrahh!«*

Sanft rieb ich meine Stirn an ihm, und endlich blinzelte er. Er setzte sich auf und sah mich an, als hielte er mich für eine Traumgestalt. Seine breite Brust war mit schimmernden Federn besetzt, der Blick seiner Augen schärfer als seine Klauen. Vereinzelte Schneeflocken umwehten sein stolz erhobenes Haupt.

*»Koh?«* Seine Stimme war rau und melodiös, tief wie der Donner. *»Wo warst du? Der Khan hat sich Sorgen um dich gemacht.«*

*»Das hätte er nicht gemusst. Ich war mit dem blinden Jungen unterwegs. Dem Affenkind. Hub's auf dem Rücken getragen.«*
Er knurrte. *»Auf deinem Rücken?«*
*»Lass uns woanders reden. Komm, flieg mit mir!«*
Gemeinsam schwangen wir uns in den Himmel auf und ließen uns vom Wind tragen, unserem ältesten Freund. Wir hielten gerade genug Abstand zueinander, um uns nicht in die Quere zu kommen. Wie seltsam ... Ich wollte, es wäre anders und sein Flügel striche über meinen. Nie zuvor hatte ich etwas Ähnliches begehrt ...
Ich veränderte mich.
*»Hier sind wir nun«*, murrte Rahh. *»Ich höre!«*
*»Das blinde Affenkind sieht die Wahrheit. Die Menschen haben das Leiden über sich und uns gebracht ... Aber sie sind nicht alle gleichermaßen schuldig. Sie führen Krieg untereinander. Ich verstehe jetzt viel besser, was das alles zu bedeuten hat.«*
*»Es ist nicht deine Aufgabe, dich mit solcherlei Dingen zu befassen, Koh ... Deine Aufgabe ist es, Junge auszubrüten und aufzuziehen!«*
*»Wir haben keine Zeit für diesen Unsinn. Wie steht es mit der Ratsversammlung?«*
*»Unsinn? Unsere Art zu leben ist in deinen Augen plötzlich Unsinn?«*
*»Es ist Unsinn, ein Urteil treffen zu wollen, wenn du gar nicht alles weißt. Und jetzt sag, Rahh: Wann entscheidet der Khan, ob wir gehen oder bleiben?«*
*»Morgen. Die Ältesten haben alle gesprochen.«*
Ich zischte in der Dunkelheit. Der Mond stand noch am Himmel, aber im roten Dunst wirkte er fern, verschwommen und trüb. Uns blieb nur ein einziger Tag, um den Affen-Khan zu finden und ihn gegen jene Gilde aufzubringen, die so

viel Schaden anrichtete. Immerhin hatte sie es auf seine Gefährtin abgesehen – das würde ihm doch sicher Grund genug sein?

Ich schaute Rahh an, der keinen Blick von mir gewandt hatte. Sein Nackengefieder war gesträubt. Meine nächsten Worte würden ihn wohl kaum beruhigen.

*»Wir wollen das Heer des Affen-Khans gegen die ins Feld schicken, die schuld am Leiden sind. Gelingt uns das, musst du vor dem Himmelsrat sprechen! Mich würden sie nicht ernst nehmen. Aber wenn die Affenkinder um Shima kämpfen, können die Arashitora nicht zurückstehen!«*

Sein Knurren rumpelte in seiner Brust. *»Koh, nein! Du musst mit mir zurückkehren. Der Khan wird vor Wut rasen, wenn er herausfindet, was du tust!«*

*»Zerbrich dir nicht den Kopf über den Zorn meines Großvaters, das mache ich schon selbst. Zieh du nur die Ratsversammlung in die Länge, bis ich wiederkomme!«*

*»Koh, das ...«*

*»Vertrau mir.«*

*»Koh ...«*

*»Rahh. Vertrau mir.«*

Immer schon waren wir einander eng verbunden gewesen. Wir waren in derselben Mondphase geschlüpft, am selben Tag flügge geworden. Nach dem Tod meiner Familie waren mir die anderen Donnertiger aus dem Weg gegangen, aus Angst, ich könnte das Leiden in mir tragen und an sie weitergeben. Aber Rahh hatte mir geholfen, die Toten aus ihren Nestern zu schleppen und dem Himmel anzuvertrauen. Ich hatte ihm beigebracht, wie man sich beim Fliegen durch die Luft rollt, und er hatte mir gezeigt, in welchen Gebirgsbächen die größten Fische schwimmen. Trotzdem zögerte er jetzt. Rang mit sich.

Mit seiner Furcht vor meinem Großvater, dem Khan. Ich sah, wic es ihn quälte. Und doch ...

*»Das tue ich, Koh.«*

Affenkind, ihr habt zarte Haut, kirschrote Lippen und schöne weiße Zähne. Wir dagegen haben Schnäbel aus schwarzem Knochen und Horn, stark genug, um Stahl zu durchdringen.

Wir können weder lächeln noch lachen.

Doch das bedeutet nicht, dass wir keine Freunde empfinden.

*»Morgen bin ich zurück. Warte auf mich, Rahh.«*

Er neigte den Kopf. *»Beeil dich, Koh.«*

*»Ich flieg so schnell wie der Wind!«*

Die Spitzen unserer Flügel berührten sich. Elektrizität knisterte, und ein Funke glühte hell zwischen uns in der Luft. Das Herz ging mir auf. Ich schnurrte.

Und dann tauchte ich in die Finsternis.

•••

*»Erzähl mir von dir, Sturmtänzer.«*

Die Herrin Ami kniete vor Jun. Sie hatten in der großen dunklen Scheune ein Lagerfeuer entfacht, das ein wenig Licht spendete. Neben den Flammen stand ein alter Metalleimer voller Wasser, durchzogen von roten Schlieren. Ami tauchte den seidenen Stoffstreifen hinein, den sie vom Saum ihres Gewandes abgerissen hatte. Sie säuberte die Wunde an seinem Oberarm.

Man konnte förmlich spüren, wie unbehaglich ihr zumute war: Die Scheune war schmutzig, staubig und voller Spinnweben. Doch ihrer höfischen Erziehung gemäß beherrschte sie sich – es war, als hielte man eine hübsche Maske vor einen schreienden Mund.

Jun saß still da, die blinden Augen auf die Wand gerichtet. Alles war Finsternis, er konnte die Herrin nicht sehen. Dennoch war er von ihrer Gegenwart überwältigt. Wie sie roch! Nach Jasmin und Hyazinthenblüten. Ein Hauch Honig mischte sich hinein, ein wenig frischer Schweiß. Ihre Hände waren so zart, ihre Berührungen so sanft ... Ihr Atem strich sacht über sein Gesicht, als sie seine Wange abtupfte. Ihm tat nichts weh – der Schmerz drang gar nicht zu ihm durch. Nur sie nahm er wahr: ihre Nähe, ihre rauchige Stimme, ihren berauschenden Duft.

»Was wünscht Ihr zu wissen, Herrin?«

»Fürs Erste, wie es kommt, dass ein blinder Maler seine Klinge mit größerem Geschick führt als so mancher Schwertmeister!«

»Die Malerei und die Schwertkunst sind sich sehr ähnlich, Herrin. Nehmt nur die Haltung, die fließenden Bewegungen, den Verzicht auf Kontrolle. Man muss von seinen Gefühlen Abstand nehmen und eins werden mit dem Werkzeug – sei es nun eine Klinge oder ein Pinsel.«

»Du hattest doch sicher einen Lehrer.«

»Der große Schwertmeister Kitsune Yoshinobu hat meinen Vater unterwiesen ... Und auch mich, bis mein Augenlicht zu schwinden begann.«

»Kitsune Yoshinobu? Der Lachende Fuchs?« Er hörte der Herrin das Stirnrunzeln an. »Aber der hat doch in der Feste meines Vaters gedient! Am Hof des Kitsune-Daimyō!«

»Mein Vater hat auch dort gedient, hohe Herrin, bis meine Mutter ihn bat, um meiner Sehkraft willen mit uns in den Norden zu gehen. Er war Dämonenjäger, wie schon sein Vater vor ihm. Und auch ich wäre einer geworden. Ein vereidigter Kämpfer des Daimyō.«

»Aber das ... das würde ja bedeuten ...«

Er lächelte. »Also erinnert Ihr Euch, Herrin.«

»Ihr Götter ... Du bist der Sohn des Jagdmeisters! Natürlich erinnere ich mich ... Du warst ein kleiner Teufelsbraten mit äußerst geschickten Fingern! Einmal hast du meiner Schwester die Kleider geklaut, während sie gebadet hat ...«

»Ich entsinne mich deutlich, Herrin, dass es Eure Idee war, ihr die Kleider zu stehlen.« Jun legte den Kopf schief. »Ihr habt mich überredet, Euch zu helfen, weil Ihr jemanden brauchtet, auf den Ihr die Sache im Notfall abwälzen konntet.«

»O weh!« Ami lachte. »Jetzt fällt mir alles wieder ein! Wir haben immer unsichtbare Bestien durch den Palastgarten gejagt. Und manchmal hast du dich in der Wisterie verborgen und die Dienstmädchen erschreckt! Du warst so ein schmächtiger Junge ... Du kannst nicht viel älter als acht oder neun gewesen sein, als deine Familie fortgezogen ist.«

»Zehn, Herrin.«

»Du hast dich so verändert, Jun-san! Beim Atem des Schöpfers, ich hätte dich nie wiedererkannt. Die Jahre stehen dir gut!«

Jun lächelte, das Gesicht den Flammen zugewandt. »Euch ebenso, Herrin.«

»Ich kann's nicht fassen ... Hier bist du nun, nach so langer Zeit! Gut aussehend wie ein Teufel. Ein meisterhafter Schwertkämpfer und ein Sturmtänzer noch dazu! Du magst blind sein und rettest doch hochwohlgeborene Damen vor grausamen Mordbuben! Was für eine Verwandlung ... Du hast nichts mehr mit dem kleinen Jungen gemein, den ich damals zu hinterlistigen Streichen angestiftet habe.«

Was klang da in ihrer Stimme mit? Wehmut? Begehren?

Jun räusperte sich. »Während des Kampfes war ich nicht wirklich blind, Herrin: Ich habe durch die Augen Eurer Katzen geblickt. Und dennoch ... Ohne Koh oder meine Bestimmung, das Inselreich zu retten, wäre ich gewiss gefallen.«

»Davon bin ich nicht überzeugt. Prophezeiung hin oder her, ich erkenne wahre Größe in dir, Sturmtänzer.«

Jun schoss die Hitze in die Wangen. Er war um Worte verlegen.

»Du wirst ja ganz rot!« Die Herrin Ami lachte und vergaß zeitweilig sogar seine Wunden. »Wie reizend! Haben dir die Mädchen in deinem Dorf denn nie Komplimente gemacht?«

Jun wand sich vor Verlegenheit. Wieder fühlte er sich wie ein Tölpel. »Die haben mir nie viel Beachtung geschenkt, Herrin.«

»Dann waren es dumme Mädchen.«

»Welche Frau ersehnt sich schon einen blinden Gatten?«

»Nicht jede Liebelei zieht Schwüre für die Ewigkeit nach sich.« Sie neigte sich zu ihm. »Gewisslich hat es jemanden in deinem Leben gegeben?«

Rasch stand er auf, hob abwehrend die Hände und wich zurück, ein nervöses Lächeln auf dem Gesicht. Was wollte sie? Warum benahm sie sich so? Ja, als Kinder hatten sie einander gut gekannt – doch jetzt war sie eine verheiratete Frau, vielleicht sogar die Gemahlin des zukünftigen Shōguns!

Dies war Tollheit.

»Nein, Herrin, mit solchen Geschichten kann ich Euch nicht dienen. Vergebt mir, aber ich möchte wirklich nicht weiter darüber sprechen ...«

»Kann das denn sein?« Ein Lächeln klang in ihrer Stimme mit. »Der schöne Sturmtänzer, noch gänzlich unberührt?«

»Herrin ...«

Auch sie erhob sich, und dann strich sie ihm über die Hand. Er zuckte zurück, als hätte er sich verbrannt, tat noch einen Schritt nach hinten – und verhakte sich dabei mit der Ferse in dem kleinen Haufen Feuerholz. Blitzschnell packte die Herrin seine Hände und bewahrte ihn vor einem Sturz. Dann zog sie ihn dicht an sich heran, und er spürte ihren sengenden Blick auf seinem Gesicht.

»Wie schön du bist, Jun«, sagte sie. »Wie stark, stolz und jung. Du weißt doch, dass du mir gefällst?«

»Ich fürchte, Ihr seht bloß ein hübsches Schmuckstück in mir, Herrin. Ein Spielzeug vielleicht, an dem man sich eine Weile lang erfreut, um es dann zu vergessen.«

»Das hört sich an, als wollte ich dich gegen deinen Willen verführen. Glaubst du denn, ich wüsste nicht, dass du mich ebenso begehrst wie ich dich?«

»Aber Euer Gemahl ...«, stammelte er. »Euer Gelöbnis ...«

»Mein Gemahl schaut mich seit drei Jahren nicht einmal mehr an, Jun-san.« Die Bitterkeit war ihr deutlich anzuhören. Ein alter Kummer, von dem nur Ärger und Enttäuschung übrig geblieben waren. »Und in den Jahren davor ... Unsere Vereinigung hatte ganz gewiss nichts mit Liebe zu tun. Unsere Eltern haben unsere Ehe arrangiert. An meinem Hochzeitstag war ich jünger, als du es heute bist. Und was Herrn Tatsuyas Gelöbnis angeht ... Nun, er bricht es jede Nacht aufs Neue mit meinen Dienstmädchen. Direkt vor meiner Nase.«

»Herrin, Ihr habt einen furchtbaren Schrecken erlitten ... eine seelische Erschütterung! Ihr könnt nicht klar denken. Ihr seht einen Kindheitsfreund wieder und glaubt, es müsse etwas bedeuten, weil Ihr auf der Suche nach Trost seid. Ihr seid sehr schön, das will ich nicht bestreiten. Aber ich kenne Euch nicht!«

»Du musst mich nicht kennen, um mich zu lieben, Sturmtänzer.« Federzart glitten ihre Fingerspitzen über seine Wange.
»Ich bitte dich nicht um ewige Treue.«

Sie war ihm so nah – bei jedem Wort, das sie sprach,
strichen ihre Lippen über seine. Wie warm sie war! Und ihre
Berührungen zogen Funkenspuren über seine Haut. Seine
Kehle hinunter. Über seine Brust. Sein Atem bebte, als sie
sich an ihn schmiegte und ihm den letzten Rest Willenskraft
raubte.

»Nur heute Nacht«, wisperte sie.

Dann löste sie sich von ihm, trat zurück, und er hörte, wie
ihr Gewand raschelnd zu Boden fiel, eine Lage nach der anderen. In der endlosen Finsternis hörte er ihren Ruf, die älteste,
inbrünstigste Weise der Welt. Das Blut rauschte ihm in den
Ohren, und doch hörte er sie.

»Komm zu mir, Sturmtänzer.«

»Ich kann Euch nicht sehen, Herrin ...«

»Du hast doch Hände, oder nicht? Lass dich von ihnen
leiten.«

•••

Ich kehrte zurück, da stieg die Sonne gerade über den Horizont und tauchte alles in die Farben von Blut und Feuer.
Die Lotusblumen wandten dem Licht die Köpfe zu, und die
Blütenblätter öffneten sich weit. Vor der Scheune wartete Jun
auf mich, das Gesicht zum Himmel erhoben. Sein Geist berührte meinen, und obwohl die Vier Schwestern weit hinter
mir zurückgefallen waren, hatte ich das seltsame Gefühl, nach
Hause zu kommen.

*Du bist wieder da, Koh, meine liebe Freundin!*

*WIE VERSPROCHEN.*

*Erleichtert bin ich dennoch. Was hast du herausgefunden?*

*DER HIMMELSRAT ENTSCHEIDET IM LAUFE DIESES TA-*
*GES. WIR MÜSSEN UNS BEEILEN.*
*Ich wecke die Herrin. Dann fliegen wir nach Norden, so*
*schnell du nur kannst.*
*AUF DEM RÜCKWEG HABE ICH VIELE AFFENKINDER*
*GESEHEN. SOLDATEN HABEN IM VORGEBIRGE DER VIER*
*SCHWESTERN EIN LAGER AUFGESCHLAGEN. WEITERE*
*KOMMEN AUS ZWEI RICHTUNGEN DAZU: MANCHE VON*
*SÜDEN HER, ANDERE VON NORDOSTEN. ZWEI HEERE. BALD*
*STEHEN SIE EINANDER GEGENÜBER.*

Die Herrin Ami kam aus der Scheune. Ihre kunstvolle
Frisur hatte sich nun gänzlich aufgelöst, und ihr Haar war
schlafzerzaust. Von der Schminke auf ihrem Gesicht war kaum
noch etwas übrig. Sie lächelte den Jungen an, und ihre Augen
leuchteten. Er sah sie durch meine Augen und lächelte noch
strahlender als sie. In seinem Herzen regte sich eine neu er-
wachte Zärtlichkeit.

»Ich wünsche einen guten Morgen, Herrin Ami!«, sagte er
und verneigte sich.

»Dir ebenso, Sturmtänzer Jun«, erwiderte sie. »Die mächtige Koh ist zurückgekehrt, wie ich sehe!«

»Auf dem Rückflug hat sie zwei Armeen erspäht, Herrin.
Sie sammeln sich am Fuß der Vier Schwestern. Es scheint, als
würden Euer Gatte und sein Bruder einander heute noch auf
dem Schlachtfeld begegnen.«

Ihr Lächeln schwand, und sie erbleichte. Die kurze Rast
mochte ihnen beiden Frieden gebracht haben, doch im Licht
des erwachenden Tages schmolz er dahin wie Schnee.

»Dann sollten wir keine Zeit vergeuden«, sagte sie. »Das
Schicksal des Inselreichs entscheidet sich in diesen Stunden!«

Jun schwang sich auf meinen Rücken und streckte der Herrin Ami die Hand hin. Da blitzte ihr Lächeln noch einmal auf – und sogleich pochte das Herz des Jungen heftig. Sie nahm seine Hand, und ich spürte, wie ihn ein wohliger Schauer überlief, als liebkoste ihn ein warmer, duftender Sommerwind. Sie stieg auf meinen Rücken, und mir fiel auf, dass sie diesmal vor ihm saß. Er schlang die Arme um sie.

Interessant.

Aber ich hatte keine Zeit, mir Gedanken darüber zu machen.

*Flieg, Koh, liebe Freundin!*

Und das tat ich.

•••

Herr Tatsuya stand auf einem zerklüfteten Gebirgsausläufer und nahm die Streitkräfte in Augenschein, die Riku gegen ihn ins Feld zu führen gedachte. Die Männer seines Bruders bildeten ordentliche Schlachtreihen. Tiger-Banner flatterten im Wind, und im selben Rotton leuchteten die Wappenröcke der Bushimänner – wie ein Lotusfeld in voller Blüte sahen sie aus. Kurz kam Tatsuya in den Sinn, dass er oder sein Bruder eine andere Farbe hätte wählen sollen: Wie würden die Soldaten in der Schlacht erkennen, wer Freund und wer Feind war? Einige wenige Männer Rikus hatten das Wappen des Bären neben das des Tiger-Clans auf ihre Banner gemalt, doch nach Lage der Dinge trugen die meisten gemeinen Soldaten beider Seiten traditionelles Scharlachrot, und der brüllende Kami des Clans prangte auf ihren Brustpanzern.

Tatsuyas Reserve aus dem Süden war eingetroffen und stärkte seine Reihen, aber Rikus Heer schien noch immer doppelt so groß zu sein. Tatsuyas erhöhte Angriffsposition hätte ihm unter normalen Umständen zum Vorteil gereicht – wären

nicht die verfluchten Gildenschiffe gewesen, die im rauchver-
hangenen Himmel über Rikus Armee schwebten. Es war mit
einem erneuten Bombardement zu rechnen, darum hatte er
seine Männer ringsum in Höhlen verteilt. Früher oder später
würden sie sich jedoch daraus hervorwagen müssen, wenn sie
vom anstürmenden Feind nicht eingesperrt werden wollten.

»Und sobald wir die Nasen rausstrecken, sprengen uns
diese Dreckskerle unverzüglich in die Luft ...«, murmelte
Tatsuya.

Er blickte zu den majestätischen Bergen zurück, die sich
hinter ihm erhoben, schneeglitzernd und atemberaubend
schön. Über den Gipfeln brauten sich dunkle Gewitterwolken
zusammen: Zweifellos beobachtete der grausame Donnergott Raijin von dort oben die beiden Heere und freute sich
auf das bevorstehende Blutbad. Das Vorgebirge war alt und
unerschütterlich. Die umliegenden Felder wogten in den frostigen Gebirgsböen. Jeder Atemzug war kalt in Tatsuyas Brust.
Wind strich ihm übers Gesicht.

*Hier ließe es sich gut sterben,* dachte er.

Plötzlich schrien die Soldaten auf, die sich in den Höhlen-
eingängen drängten, und deuteten aufgeregt gen Himmel.
Tatsuya legte den Kopf in den Nacken und sah die Silhouette
eines Arashitora am Himmel kreisen. Ein prächtiges Tier: Es
musste eine Flügelspanne von sechs Metern haben. Sein Gefieder und Fell waren silbrig weiß. Offenbar hatte Raijin eins
seiner Kinder geschickt, um die Schlacht zu segnen. Tatsuya
kehrte die Handflächen nach oben, um die Bestie und ihren
Vater um ein günstiges Geschick zu bitten – wäre es ihm nur
vergönnt, lange genug zu überleben, um seinem Bruder Mann
gegen Mann gegenüberzutreten ...

*Aber was ...*

Seine Soldaten kamen nun aus den Höhlen, und erstaunte Rufe wurden laut. Tatsuya machte große Augen. Viel hätte nicht gefehlt, und ihm wäre der Mund offen stehen geblieben.

Auf dem Rücken des Greifen saßen zwei Gestalten.

*Unmöglich ...*

»Die Herrin Ami!«, riefen die Soldaten.

Tatsuya lief den Hang hinab, wobei er Schieferstückchen und Kiesel lostrat, die ihm vorauseilten. Staub und Pollen brannten ihm in den Augen. Donner rollte über den Himmel, als die Bestie mit schlagenden Flügeln und weit gespreizten Greiffüßen aufsetzte. Die scharfen Klauen glänzten. Hinter Tatsuyas Gemahlin saß ein Junge, die Arme um ihre Taille geschlungen. Er sprang vom Rücken der Bestie und verneigte sich tief vor Tatsuya, Hand über Faust. Wie ein mageres Bauernkind sah er aus: die Kleider fadenscheinig und dreckig, die Stiefel zerlumpt. Er hatte einen Gehstock aus poliertem Kiefernholz bei sich, und seine Augen waren milchig weiß. Doch Tatsuya hatte kaum mehr als einen flüchtigen Blick für ihn übrig. Er starrte seine Frau an, die in Kigen hätte sein müssen. Ihr langes Haar war offen und windzerzaust, ihr Gesicht ungeschminkt, ihr Gewand am Saum zerrissen. Zorn loderte in ihm auf, und seine Miene verfinsterte sich.

»Ami-san, was im Namen des Schöpfers hat das zu bedeuten?«

Sie stieg vom Rücken des Arashitora und verneigte sich so tief wie der Junge. »Auch mir ist es eine große Freude, Euch zu sehen, mein Gemahl.«

»Zum Henker mit den Höflichkeiten, Herrin! Was tut Ihr hier? Wer ist dieser abgerissene Junge, der es wagt, Euch zu berühren? Ich sollte ihm den Kopf abschlagen lassen!«

•••

123

Ich verstand Tatsuyas Worte durch Juns Ohren. Prompt spannte ich die Flügel auf, knurrte und starrte ihn finster an. Was kümmerte mich, wer er war oder welchen Titel er unter seinesgleichen trug? Er sollte es nicht wagen, Jun zu drohen!

»Dies ist der Sturmtänzer Kitsune Jun«, sagte die Herrin Ami. »Vergebt mir, mein Gemahl, doch er verdient, dass Ihr höflicher zu ihm seid – denn gestern Morgen hat er mir das Leben gerettet!«

»Euch das Leben gerettet?« Der Bulle runzelte die Stirn. »Was redet Ihr da, Herrin? Der Junge ist blind!«

»Mein Dienstmädchen stand mit dem Feind im Bunde. In Eurer Abwesenheit sind Meuchelmörder in den Palast eingedrungen. Beinahe ein Dutzend Männer, bewehrt mit Waffen, wie ich sie nie zuvor gesehen habe! Mit ihren Shuriken-Spuckern und motorisierten Schwertern haben sie meine Leibwache in kürzester Zeit hingeschlachtet. Jun-san mag blind sein, doch er führt seine Klinge mit großem Geschick. Wäre er nicht gewesen ...«

»Motorisierte Schwerter?«, fragte Tatsuya heiser. »Hatten sie Kettensägenklingen wie die, mit denen Wälder gerodet werden?«

»In der Tat! Hätte der Sturmtänzer diese Männer nicht aufgehalten, so hätten sie mich grausam entleibt.«

»Ehrlose Gildenhunde!«, fauchte Tatsuya und ballte die Hände zu Fäusten. »Bitter werden sie diesen Verrat büßen, das schwöre ich!« Sein Gesicht verzerrte sich vor Zorn, und er wandte sich ab. Ein drückendes Schweigen herrschte, während er mit sich rang. Endlich drehte er sich zu Jun hin, bedeckte die Faust mit der flachen Hand und verneigte sich vor ihm. »Ich bitte dich demütigst um Entschuldigung, Sturmtänzer Jun«, sagte er. »Vergib mir meine übereilten

Worte. Es kommt nicht allzu häufig vor, dass ein anderer Mann meine Gemahlin anrührt. Doch da du ihr Leben gerettet hast, stehe nicht nur ich, sondern steht das ganze Land in deiner Schuld. Du hast die Attentäter der Gilde aufgehalten, und dafür sollst du belohnt werden. Was du auch begehrst, es soll dein sein!«

»Edler Herr«, sagte Jun zaghaft. Er verneigte sich leicht in Richtung der Herrin Ami. »Der Herrin zur Seite zu stehen, war mir Ehre und Pflicht. Und meinen einzigen Wunsch habt Ihr bereits zu erfüllen geschworen. Eine Seuche wütet unter den Menschen Shimas sowie unter den Tieren des Landes, des Wassers und der Luft, und verantwortlich dafür ist die Lotusgilde.« Er deutete auf mich. »Meine Freundin, die mächtige und Ehrfurcht gebietende Koh, hat ihre Familie an dieses Leiden verloren. Daher bitte ich Euch lediglich um dies: Erklärt die Gilde zu Eurem Feind und tilgt sie vom Erdboden, sobald Ihr den Krieg gegen Euren Bruder gewonnen habt.«

»Dessen kannst du gewiss sein, Sturmtänzer! Schlimm genug, dass die Gildenmänner mich auf dem Schlachtfeld hintergangen haben. Doch dass sie sich in mein Heim schleichen, um mir einen Schlag zu versetzen ... Das werde ich ihnen nie vergeben!«

Da lächelte Jun, und ich spürte seine Freude. Wieder war er der Erfüllung der Prophezeiung seiner Großmutter einen Schritt näher gekommen! Der Beistand des Herrn Tatsuya und seiner Armee war eine Fügung des Schicksals. Ich aber sorgte mich: Während wir hier herumstanden, verstrich die Zeit. Bald würde der Khan seinen Entschluss verkünden.

»Bitte entschuldigt uns für den Moment, Herr Tatsuya«, sagte da Jun. »Meine Freundin Koh und ich haben Dringliches zu erledigen!«

»Willst du nicht bleiben und gemeinsam mit uns kämpfen, Sturmtänzer?«, fragte Tatsuya. »Die Luftschiffe der Gilde überziehen die Erde mit Feuer. Sobald der Bär zum Angriff bläst, sterben meine Männer wie die Fliegen! Deine Donnertigerin und du könntet das Blatt wenden.«

Jun hatte sich schon auf meinem Rücken geschwungen, ich die knisternden Flügel ausgebreitet.

»Ich kann Euch Besseres andienen als einen einzigen Arashitora, hoher Herr! Ich brauche nur eine Stunde, dann kehre ich mit einem Heer von ihnen zurück!«

Jun verneigte sich tief vor der Herrin Ami, Hand über Faust. Und ohne auf die Antwort des Bullen zu warten, flogen wir in die frostkalte Luft auf, und der Boden stürzte unter uns davon. Der Junge war wie berauscht und ich ebenso; in meinem Schädel biss er die Zähne zusammen, und ich grub meine Finger in sein Gefieder. Wieder waren wir eins, verbunden durch Adrenalin und Hoffnung. So unterschiedlich und einander doch so ähnlich. Sein Lachen war ansteckend; einen Augenblick lang wünschte ich, ich hätte Lippen und könnte lächeln.

*Glaubst du es jetzt, Koh, meine liebe Freundin? Die Prophezeiung trifft ein! Wir sind so nahe daran ...*

*MEINER SCHÄTZUNG NACH IST ES NOCH EIN WEITER WEG, AFFENKIND. MEIN KHAN WIRD NICHT SO LEICHT ZU ÜBERZEUGEN SEIN WIE DEINER.*

*Heute sind die Götter mit uns, Koh. Nichts kann uns jetzt noch aufhalten!*

Wir schossen an der ersten Schwester hinauf, über schwarze Steilhänge und zerklüftete Felsspitzen hinweg. Unter meinem Flügelschlag wirbelte glitzernder Schnee auf. Es wurde kälter, immer kälter. Jun schlang die Arme um meinen

Hals und drückte sich an mich, dieser kleine Junge, der erst vor wenigen Tagen ungebeten in mein Leben getreten war und es nun unwiderruflich verändert hatte.

Und habe ich da geglaubt, fragst du, Affenkind? An Götter, Vorhersehung und Taten, noch ungetan, doch bereits in den Schicksalsteppich eingewebt?

Ich gestehe: Das tat ich nicht.

Doch ich wollte es.

Die Kundschafter am Himmel stießen wilde Schreie aus, als sie uns im Nebel erspähten. Blitze zuckten über die Wolken. Ich brüllte, Rahh antwortete, und der Khan übertönte uns beide. Bei meiner Landung stob Schnee auf. Jun sprang von meinem Rücken und verneigte sich tief. Er streckte sich nach den Geistern der Arashitora und berührte sie behutsam. Von meinen Flanken stieg Dampf auf. Schnee und Eis saßen mir in Fell und Gefieder; ich schüttelte mich heftig. Dann neigte ich respektvoll den Kopf vor meinem Khan.

»*Großvater*«, sagte ich.

»*Was hat das zu bedeuten?*«, knurrte er. »*Wo bist du gewesen, Koh? Weshalb bringst du diesen Jungen her, der längst zu Tode hätte stürzen sollen?*«

»*Ich bin weit geflogen, großer Khan, um die Ursache des Leidens aufzudecken, das auch die Arashitora befällt … Und um Affenkinder zu finden, die etwas dagegen tun wollen. Ich habe sie gefunden, dort unten, am Fuß des Gebirges! Die Feinde unserer Feinde. Verbündete gegen jene Gilde, die mit ihren Maschinen alles vergiftet. Affenkinder, die an unserer Seite kämpfen wollen …*«

Der Khan unterbrach mich mit furchterregendem Gebrüll. In seinen Augen brannte Zorn. »*Du widersetzt dich unseren Bräuchen, Enkelin. Deinem Khan!*«

»Ich wollte nur die Wahrheit herausfinden ...«

»Das ist nicht die Aufgabe eines Weibchens. Ein Weibchen sollte stets in der Nähe des Nests bleiben! So gehört es sich. So verlangt es die Sitte!«

»Dann ist sie falsch!«, fauchte ich. »Blind und töricht ist sie, und nur ein blinder, törichter Khan würde verlangen, dass wir daran festhalten!«

Die Ältesten gerieten in Empörung, und die jungen Männchen knurrten. Doch in den Augen der anderen Weibchen, die sich am Rand der Ratsversammlung herumdrückten, sah ich etwas aufblitzen.

Stolz.

»Du wagst es!«, brüllte mein Großvater. »Wie viel habe ich verloren, als deine Eltern und dein Bruder gestorben sind! Ich hätte sie nicht so sehr lieben, hätte nicht so weichherzig sein dürfen. Das war töricht! Das war blind!«

»Dies ist unsere Heimat. Die Affenkinder kämpfen darum. Warum sollten wir nicht ...«

»ES REICHT!« Der mächtige Khan trat vor, das Nackengefieder gesträubt. Sein Knurren war lauter als der Donner. Blitze spiegelten sich in seinen Augen, zuckten über die Spitzen seiner gewaltigen Schwingen. Wider Willen erbebte ich.

»Die Ratsversammlung ist vorbei! Mein Beschluss steht fest. Wir verlassen Shima noch heute! Das Wort des Khans ist Gesetz!«

Ich taumelte, als hätte er mir einen Schlag vor die Brust versetzt. Das Atmen fiel mir schwer. Hatte der Khan erst einmal gesprochen, war an seiner Entscheidung nicht mehr zu rütteln. Der Himmelsrat würde sich ihm nicht widersetzen. Er mochte alt sein und sich vor den Schrecken dieser neuen

Welt fürchten, doch er genoss Respekt. Zwanzig Jahre lang war er unser Anführer gewesen, und stets hatten wir auf seine Weisheit vertraut. Beliebt und gefürchtet war er, und niemand würde ihm Trotz bieten.

Jun stand mit furchtsamer Miene im Schnee. Er konnte nichts sagen – er hätte nur erneut den Zorn des Khans auf sich gezogen. Dennoch musste er sich auf die Zunge beißen, um sich zurückzuhalten. Heiß brannte sein Glaube in ihm. Wie sehr er doch auf die Hellsicht einer alten Äffin vertraute, die wahrscheinlich nicht ganz bei Sinnen gewesen war oder sich aus Mitleid eine Geschichte für ihren kleinen blinden Enkel ausgedacht hatte ... Ja, ich zweifelte noch immer. Doch was sie geweissagt hatte, war zum Greifen nahe ... Mithilfe der Arashitora konnte der Gemahl der Herrin Ami den Krieg gewinnen. Die Gilde vernichten. Das Leiden ausmerzen. Wäre nur jemand mutig genug, den Khan vom Thron zu stoßen!

*»Ich stelle das Wort des Khans infrage!«*, fauchte ich. *»Ich fordere dich heraus!«*

Mein Großvater schnaubte. Die übrigen Arashitora wirkten belustigt.

*»Närrisches Kind. Nur Männchen können Herausforderungen aussprechen! Kein Weibchen kann Khan sein!«*

*»Dann töte mich, Großvater, und wirf mich vom Berg ... Ich will bei den Überresten meiner Familie liegen. Bei deiner Tochter. Deinem Enkel. Lass uns nur alle zurück und ergreife mit eingeklemmtem Schwanz die Flucht!«*

Da brüllte er und sträubte das Gefieder. Sein Schwanz peitschte durch die Luft, und seine Gedanken verstummten samt und sonders. Stolz und Zorn begruben seine Liebe zu mir, seiner letzten lebenden Verwandten. Er duckte sich, sprungbereit, doch da drängte sich ein Männchen aus der Menge der Zuschauer heraus und brüllte aus voller Brust.

*»Ich fordere den Khan heraus!«*

Mein Freund. Mein Bruder, der nicht mein Bruder war.

Rahh.

Er blickte mich an, und in seinen Augen sah ich alles, was zwischen uns war, was noch werden konnte. Dann wandte er sich wieder dem Khan zu.

*»Ich fordere dich heraus, Khan!«*

•••

Zwei Greifen schossen wie Pfeile über den dunklen Gewitterhimmel. Donner rollte und krachte, Blut ging nieder wie Regen. Blitze zuckten über die hoch aufgetürmten Wolken und die mächtigen Schwingen der Kontrahenten. Immer wieder stießen sie kreischend zusammen, hackten nacheinander und schlugen sich mit ihren Klauen tiefe Wunden.

Das Herz schlug mir bis zum Hals, und ich zitterte am ganzen Leib. Wie ich um das Leben meines Freundes bangte! Meines Bruders, der nicht mein Bruder war. Ich hatte nicht einmal gewusst, wie tief ich für ihn empfand! Woher kamen diese Gefühle? War das Affenkind in meinem Geist schuld daran? War es *seine* Zärtlichkeit, die in mir aufgegangen war wie eine Saat? Oder konnte ich mir nur jetzt erst eingestehen, wie es um mich stand – jetzt, da ich Rahh zu verlieren drohte? Ich begriff gar nichts mehr. In meinem Kopf stürzte alles durcheinander. Jun war an meiner Seite, seine Hand lag auf meiner Schulter. Nie hätte ich geglaubt, dass mir jemand so viel Trost spenden könnte.

Wieder lässt mich eure primitive Sprache im Stich, Affenkind. Wie soll ich dir diesen Moment beschreiben? Mir war, als wäre ich aus einem Traum erwacht. Die Götter schienen so nah, der Sog des Schicksals stark. Deutlich sah ich die vielen Scheidewege vor mir: unten am Fuß des Gebirges, oben am Himmel. So viele Möglichkeiten, die sich vor uns auffächerten. Nur eins war gewiss.

Der Tod.

Rahh brüllte und riss sich von meinem Großvater los, von dessen Klauen Blut troff. Ungleiche Gegner waren sie: Rahh, der Jüngere, war schneller und stärker, doch der alte Khan hatte die Erfahrung auf seiner Seite. Er wusste, dass Geduld und List sich auszahlen konnten. Immer wieder fiel Rahh über ihn her, und er kreischte, knurrte und fauchte. Der alte Khan aber war unheilvoll still, wich aus, täuschte an und wusste jede Blöße auszunutzen, die Rahh sich gab. Und so wirbelten sie über das schwarze Firmament, aneinandergeklammert in einem Kampf auf Leben und Tod.

Ich betete. Ja, Affenkind, auch wir beten: zu unserem Vater Raijin, dem Gott des Donners und der Blitze. Bring mir Rahh zurück, flehte ich stumm. Gib uns ein Zeichen: Ist es uns bestimmt zu bleiben und um unsere Heimat zu kämpfen?

Weder weiß ich, ob er mich hörte, noch, ob er Anteil nahm. War der Ausgang dieses zähen Ringens längst entschieden? War alles Fügung? Einerseits wollte ich es gern glauben, denn wenn es so war, konnte Rahh nicht verlieren. Nicht sterben.

Doch während der letzten Tage, da ich mit dem Jungen auf dem Rücken frei dahingeflogen war, war eine Stimme in mir erwacht. Sie wisperte mir zu, es habe hoffentlich niemand seine Hand im Spiel, und wir alle könnten tun und lassen, was wir wollten. Rahh gewönne nicht, weil irgendein Gott es wollte, sondern weil er fest dazu entschlossen war.

Wieder prallten die beiden mächtigen Greifen zusammen, und verwaiste Federn fielen vom Himmel. Ein Blitz flammte auf, und ich kniff die Augen zusammen. Juns Finger gruben sich in mein Gefieder. Der alte Khan hatte die Klauen in Rahhs Brust gebohrt und versuchte nun, ihm mit den säbelartigen Krallen seiner Hinterpfoten den Bauch aufzuschlitzen. Gemeinsam stürzten sie auf die zerklüfteten Felsnadeln zu. Doch in dieser engen Umklammerung war auch der Khan verwundbar. Rahh erwies sich als der Stärkere: Mit seinen kräftigen Schwingen bremste er den Fall und warf den Khan auf den Rücken. Dessen strampelnde Hinterläufe wehrte er mit den eigenen ab und schnappte zweimal rasch mit dem Schnabel zu und zerriss die Sehnen, die Schulter und Flügel miteinander verbanden. Der Khan brüllte vor Schmerz. Immer näher kamen die Felsen. Rahh befreite sich, Fell und Gefieder rot gesprenkelt, und stieg allein wieder auf.

Ich sah zu, wie mein Großvater starb. Viele wandten den Blick ab, aber ich zwang mich, genau hinzuschauen, Zeugin seines Endes zu sein. Es war der Tod eines Zeitalters. Er versuchte, mit den verletzten Flügeln zu schlagen, sich dem erbarmungslosen Griff der Schwerkraft zu entwinden. Er gab nicht klein bei, schrie nicht, verlieh seiner Todesfurcht keinen Ausdruck. Still schlug er auf dem unnachgiebigen Fels auf, und von der stolzen alten Bestie blieb nichts weiter übrig als Blut, Federn und Fellfetzen.

Ein Donnerschlag erschütterte den Himmel – das Echo des Triumphgebrülls der Arashitora auf dem Gipfel. Rahh antwortete ihnen, schrie seinen Sieg heraus, über und über blutig, doch ungebrochen. Er brüllte so laut, dass der Donnergott selbst ihn hören musste. Jun stieß eine Faust in die Luft, lachte und umarmte mich. In meinem Geist rief er, er habe es mir doch gesagt. Ausgemachte Sache sei es gewesen! Alles sei, wie es sein sollte.

Rahh landete, und der Himmelsrat scharte sich um ihn. Alle gurrten seinen Namen: Rahh, Rahh, Rahh!

Der erste neue Khan in Shima seit zwanzig Jahren.

Wie würde sein erster Befehl lauten?

•••

Tatsuya fluchte tonlos. Zusammen mit seiner Gemahlin hatte er sich zu den Höhlen zurückgezogen. Rikus Armee kam den steilen Berghang heraufmarschiert, eine geordnete Schlachtenreihe nach der nächsten. Ohne besondere Eile stapften die Männer des Bären im Schatten der Gildenschiffe dahin. Sie machten keinerlei Anstalten, zum Sturm anzusetzen, da sie nur allzu gut wussten: Sollten Tatsuyas Streitkräfte ihnen entgegenkommen, würde der Bombenhagel der Gilde auch sie in Stücke reißen. Und dennoch mussten sie diesen Vorstoß wagen, um das Heer des Bullen festzusetzen. Es würde für Tatsuya und seine Soldaten kein Entkommen geben und auch kein Versteck.

»Zu mir!«, brüllte Tatsuya. »Aufstellung!«

»Aufstellung!« Der Ruf ging von Mund zu Mund. »Alle Mann zum Bullen! Fürs Inselreich!«

Tatsuya zog sein Katana. Dann wandte er sich der Herrin Ami zu. »Geht in die Höhlen, Ami-san. Dort seid Ihr vorerst in Sicherheit. Sollte Riku durchbrechen, dann liefert Euch seiner Gnade aus: Ihr seid seine Schwägerin, er wird Euch nichts antun.«

»Wollt Ihr mich nicht zum Abschied küssen, mein Gemahl?«, fragte sie. »Mich ein letztes Mal mit Tränen in den Augen an Euch drücken?«

Tatsuya ließ den Blick über die Soldaten wandern, die sich um ihn gruppierten, die Schwerter gezogen, die Banner entrollt.

»Das wäre höchst unziemlich. Wartet in den Höhlen, Herrin. Bald kehre ich wieder.«

Die Herrin Ami biss sich auf die Zunge. Verneigte sich. »Wie mein Herr befiehlt.«

Rikus Truppen waren nun heran. In der Flut aus glänzendem Stahl, schwarzem Eisen und wogendem Rot entdeckte Tatsuya seinen Bruder. Das gleiche Banner auf dem Rücken, die gleiche Rüstung am Leib. Dass es so weit gekommen war ...

»Macht euren Frieden mit dem Schöpfergott, meine Brüder!«, rief Tatsuya und reckte sein Schwert hoch in die Luft. »Und dann reißt diese Dreckskerle mit euch in die neun Höllen hinab!«

»Banzai!«, brüllten seine Männer. »Banzai!«

»Angriff!«

Gellendes Geschrei erhob sich, dann rannten die Soldaten los. Unzählige Füße stampften über Felsgestein und Geröll; wie eine tosende Flutwelle ergoss sich die Armee des Bullen über den Hang. Dicht umringt von seinen Männern stürmte Tatsuya bergab, das Katana hoch erhoben. Die Angst würgte ihn, als die Gildenschiffe an Fahrt aufnahmen und Rikus Streitmacht in ihrem Vormarsch innehielt. Die Schatten der Schiffsleiber fielen über die Krieger. Gleich ... Gleich ...

Eine furchtbare Explosion inmitten seines Heers, dann eine zweite, markerschütternd, blendend hell. Das Feuer verschlang seine Männer, ließ nichts als Kohlebrocken und abgetrennte, verbrannte Gliedmaßen zurück. Wie Donner rollte das Echo durch das Tal. Dann folgte unerwartet eine dumpfe Stille. In Tatsuyas Ohren brauste es, und er bebte vor Anspannung. Was war geschehen? Warum hatte das Bombardement ausgesetzt?

Wieder donnerte es, doch dieses Mal am Himmel. Das Krachen übertönte die knatternden Propeller und die

Entsetzensschreie. Ringsumher legten Tatsuyas Männer die Köpfe zurück und schauten staunend nach oben.

Donnertiger. So viele Donnertiger!

Ehrfurcht erfüllte Tatsuya, der Mund stand ihm offen. Eine ganze Schar Greifen über ihm in der Luft! Mit Klauen und Schnäbeln fielen die Bestien über die Gildenschiffe her. Die Kanonen in den Flanken eröffneten das Feuer. Statt Kugeln verschossen sie Wolken todbringender, silbrig glitzernder Shuriken; sie zerfetzten jene unglücklichen Arashitora, die bereits zu nah an die gepanzerten Dschunken herangekommen waren. Schlaffe Leiber stürzten trudelnd zur Erde. Blut bespritzte Tatsuyas Helm und Schulterstücke, als vier der prächtigen Tiere rasch hintereinander inmitten seines Heeres aufschlugen.

Doch nun waren Tatsuyas Männer aus dem Schatten der Himmelsschiffe heraus und brachen durch Rikus Speerträger-Reihen, getragen vom Schwung ihres Ansturms hangabwärts. Das Schlachtgetöse war ungeheuerlich: die schrillen Schreie der Verwundeten; das Gebrüll der Männer, die zum Todesstoß ausholten; das Klirren von Stahl auf Stahl.

Tatsuya schlitzte einen bedauernswerten Speerträger vom Hals bis zu den Lenden auf, durchtrennte einem anderen die Kehle. Mühsam bahnte er sich durch das wüste Getümmel einen Weg zu seinem Bruder, dessen Banner er erspäht hatte. Er glaubte gar, seine Stimme zu hören. Mit einem furchtbaren Hieb hackte er einem feindlichen Bushimann beide Hände ab und versetzte ihm dann den Todesstoß. In der wogenden Menge kam er aus dem Gleichgewicht und fiel auf die Knie. Eine treue Seele half ihm wieder auf, bezahlte für diese edle Tat jedoch mit dem Leben: Eine kreischende Kettensägen-klinge spaltete den Mann in zwei Hälften. Wie Schnitter schritten Rikus Samurai durch das Chaos, angetan mit den motorisierten Rüstungen jener Krieger, die sie im Flusstal des Junsei abgeschlachtet hatten. Unermüdlich jaulten die Schwerter in ihren Händen. Nein, ihnen ging gewiss nicht der Kraftstoff aus! Als Tatsuya sie sah, überkam ihn der Zorn: Verraten hatten sie ihn, diese dreckigen Gildenhunde! Für dumm verkauft! Und er war auch noch auf sie hereingefallen, genauso wie sein Bruder!

Er verwandelte sich in einen rasenden Dämon, in den Tod höchstselbst. Brüllte aus voller Kehle, dass ihm der Speichel von den Lippen spritzte. Hieb, stach und schlug um sich. Blut troff ihm von Klinge, Händen und Gesicht. Ringsumher ein wildes Durcheinander. Kupfergeruch hing schwer in der Luft und vermischte sich mit Fäkaliengestank; Schreie, überall Schreie, unterlegt vom unmelodischen Scheppern der Rüstungen und dem Klirren und Kreischen der Waffen. Männer erstachen einander mit Klingen aus gefaltetem Stahl und schlugen sich mit Streitkolben die Köpfe ein. Und nun machten sich die Donnertiger brüllend über die Samurai in den zischenden Gildenrüstungen her: Sie waren als Einzige klar als Feinde zu erkennen. Gegen Raijins Kinder war die Macht der Chi-Händler hinfällig. Mühelos rissen die Bestien ihnen die Glieder aus. Ihre Raserei war schrecklich anzusehen.

Mit einem Mal regnete es Pfeile: Riku musste seine Bogenschützen angewiesen haben, Tatsuyas Soldaten zu beschießen – mitsamt seinen eigenen. Männer fielen zuhauf; besenstieldicke Schäfte ragten ihnen aus Hälsen, Brustkörben, Augenhöhlen. Blut überall: in Tatsuyas Gesicht, seinem Mund. Der Stein unter seinen Füßen war schlüpfrig. Er rutschte und schlitterte weiter bergab und stieg über zerfetzte Leichen. Und endlich sah er, umringt von ergebenen Soldaten, seinen

Bruder, sein Ebenbild, das Gesicht, das ihm aus jedem Spiegel entgegenblickte. Um sie her nichts als Verderben: Gemeinsam hatten sie den durstigen Boden mit dem Lebensblut unschuldiger, loyaler Männer getränkt – der Männer beider Seiten –, im Namen eines verwaisten Throns. In Tatsuyas Ohren hallten die Worte seines Bruders wider, gesprochen am Sterbetag des Shōguns. Er hatte sich der Wahrheit verschlossen, doch nun konnte er sie nicht länger leugnen.

*Wir sollten diese Angelegenheit unter uns klären, Bruder. Nur Ihr und ich ... ohne die ganze Nation im Rücken.*

Im Kampf Mann gegen Mann hätte er gegen Riku verloren, daran zweifelte er nicht. Sein Bruder war immer schon der bessere Schwertkämpfer gewesen.

Und dennoch hätte er auf ihn hören sollen ...

»Riku!«, brüllte er. »*Riku!*«

Sein Bruder fuhr zu ihm herum, die Augen weit aufgerissen und rot gerändert. Irgendwo hinter ihm das ohrenbetäubende Krachen eines aufschlagenden Himmelsschiffes. Ringsum das Gebrüll der Donnertiger. Die klare Stimme des Sturmtänzers hoch über allem. Und Tatsuya hob sein Katana, brüllte und stürmte über den bröckeligen Stein. Nur noch ein einziges Ziel stand ihm vor Augen.

Mord.

Rabenschwarzer, blutiger Mord.

•••

Pfeile prasselten auf uns ein, aber Jun auf meinem Rücken schlug sie mit seinem winzigen Stahlsplitter aus der Luft. Plötzlich trat aus seiner Schulter ein Schaft hervor. Ich spürte seinen Schmerz, als wäre es mein eigener, so wie er auch meinen spürte: ein tiefer Schnitt zog sich über meinen Hals. Nur ein paar Zentimeter weiter links, und die Wunde wäre mein Tod gewesen ... Und dennoch schlugen wir eine Schneise durch die Männer mit den brummenden Schwertern, so wie eine Klinge durch Wasser fährt. Aus ihren verbeulten Rüstungen drang der Gestank der Seuche. Die anderen Arashitora hatten die flügellosen Nacktschnecken bereits vom Himmel geholt. Unser Khan zog Kreise über der Schlacht, noch immer verletzt und blutend, doch nicht willens, uns allein kämpfen zu lassen. Ich schaute zu ihm hoch, und das Herz ging mir auf. Wie stark er war! Wie mutig! Wie ...

*Koh, liebste Freundin! Bitte lass dich nicht ablenken ... Ohne dich sehe ich nichts!*

Ein Pfeil bohrte sich in Juns Bein, und er schrie auf. Der scharfe Schmerz brachte mich wieder zur Besinnung. Ich riss den Blick von meinem Khan los. Dann sprang ich in die Luft, segelte über die Affenhorden hinweg und landete zwischen den kleinen Männern, die mit ihren gebogenen Stöckchen Salve um Salve abfeuerten. Wie ein Wirbelwind brachen wir über sie herein, dem Gewitter gleich, das sich heftig über uns entlud. Wie sie schrien! Sie warfen ihre kleinen Bögen fort und taumelten davon. Eins der jungen Männchen stürzte enthusiastisch den Fliehenden nach.

Rikus Armee war zerschmettert. Seine Verbündeten waren tot. Doch sollte sein Bruder fallen ...

*Tatsuya! Wo ist Herr Tatsuya?*

Ich blickte mich im Gewühl nach dem Khan der Affenkinder um. Der Lärm reizte mich. Mit einem Greiffuß fegte ich einen Blechmann beiseite. Der Elende rollte den Hang hinab und verwickelte sich dabei in seine eigenen Eingeweide. Ich schlug kräftig mit den Flügeln und riss ein Dutzend Speerträger von den Füßen – junge Bäumchen, entwurzelt vom heulenden Sturmwind. Und da! Auf einer blutüberströmten

Felszunge sahen wir ihn, sahen sie beide: die Tiger-Brüder, in einen grimmigen Zweikampf um das Schicksal ihres Reiches verstrickt. Wieder und wieder schlugen die Klingen ihrer Katanas aufeinander, dass Funken stoben. Beide waren meisterhafte Schwertkämpfer, gewandt wie Tänzer, in Blut gebadet und mit der gleichen Rüstung angetan.

*WELCHER IST ES? ICH KANN SIE NICHT AUSEINANDER-HALTEN!*

Jun schüttelte den Kopf. *Ich ebenso wenig. Sie haben den Mutterleib geteilt und sind zur selben Stunde geboren. Doch sorge dich nicht, liebe Freundin: Tatsuya kann nicht fallen. Die Prophezeiung stimmt, siehst du es jetzt? Ein Kind der Füchse, ein Spross des Geschlechts meiner Großmutter, mit einer Armee Donnertiger im Rücken. Heute retten wir das Inselreich – du und ich!*

*NOCH IST ES NICHT VORBEI, AFFENKIND.*

Die Schlacht erlahmte, und allmählich senkte sich eine große Stille über uns. Die Gefechte zwischen den traurigen Überresten der Armee des Bären und den überlegenen Streitkräften des Bullen kamen zum Erliegen, und das Klirren der Schwerter und die Schreie verstummten. Ja selbst die blutbespritzten Arashitora hielten inne und wandten sich jener Felszunge zu, auf der im Schatten der Vier Schwestern die beiden Zwillingsbrüder um das Geschick Shimas rangen.

Sie schienen einander ebenbürtig; keinem gelang es, die Oberhand über den anderen zu gewinnen. Beide keuchten, ihre Gesichter glänzten vor Schweiß, und ihre Hände zitterten.

Doch früher oder später würde einer fallen und der Kampf wäre entschieden, wenn nicht durch Können, so durch Schicksal.

Aber glaubte ich das denn?

Hatte Jun mich endlich überzeugt?

Und dann eine winzige Blöße, kaum der Rede wert: Als einer der Brüder auf einen kleinen Felsbuckel stieg, um aus erhöhter Position einen Streich gegen den anderen zu führen, zerbröckelte der Stein unter seinem Fuß. Er strauchelte, fing sich jedoch sofort wieder. Und doch schien der Augenblick sich auf ein ganzes Menschenalter auszudehnen. Sein Bruder wusste ihn zu nutzen: Er ließ einen mächtigen Hieb auf den Schwertarm seines Gegners niedergehen, der Eisen spaltete und tief durch Fleisch und Knochen schnitt. Der Verwundete keuchte vor Schmerz und taumelte rückwärts. Es gelang ihm gerade noch, das Schwert in die andere Hand zu wechseln und in die Höhe zu reißen, um sich zu verteidigen.

Ich sah es ihm an: Aus ganzem Herzen verfluchte er die mitleidlose Glücksgöttin. Der Buckel hatte unzählige Stürme, Regenfluten und Jahre überstanden – und ausgerechnet jetzt hatte er nachgeben müssen? Was für ein Pech ...

Aber war es Pech gewesen? Reiner Zufall? Was, wenn all die Stürme, Regenfluten und Jahre nur einen Zweck hatten: diesen Augenblick, dieses Straucheln herbeizuführen? War es vorherbestimmt gewesen? War es Schicksal?

Der verletzte Bruder wehrte eine Reihe weiterer Schläge ab, die Schildhand um den Schwertgriff geklammert. Doch schließlich brach sein Zwilling durch seine Deckung und stieß ihm die Klinge in den Oberschenkel. Der nun doppelt Verwundete fiel auf die Knie. Entsetzt hob er eine Hand, und obwohl seine Lippen sich nicht bewegten, sprach er mit den Augen:

Warte ...

*Warte ...*

*WARTE ...*

Doch sein Bruder schlitzte ihm die Kehle auf, und eine dunkelrote Flut spritzte ihm gegen den Harnisch. Ein ersticktes, gurgelndes Röcheln, erstaunlich laut in der atemlosen Stille. Erneut zuckte das Schwert vor, durchstieß den Brustpanzer des Besiegten und bohrte sich tief in sein Herz. Dann stolperte der Sieger ein paar Schritte zurück, das Gesicht nass von Blut und Tränen. Mit offenem Mund rang er nach Luft und schaute sich um. Sein Blick wanderte über den Hang, die reglosen Männer beider Seiten. Alle starrten sie ihn an. Im Staub zu ihren Füßen lagen ihre erschlagenen Brüder, deren Blut ihnen an den Händen klebte.

Endlich kam er zu Atem. »Sayōnara, Riku«, keuchte er.

•••

Jun stand vor Rahh. Der Junge mochte verletzt und erschöpft sein, doch sein Gesicht strahlte vor Freude – alle Arashitora spürten sie.

*Was ihr heute für uns getan habt, können wir euch nie vergelten, großer Khan. Wir stehen auf ewig in eurer Schuld!*

Rahhs Stimme rollte wie Donner durch Juns Kopf und durch meinen.

* *KOH SOLLTEST DU DANKEN, AFFENKIND. NICHT MIR.* *

Der Junge wandte sich mir zu, ein Lächeln auf den Lippen, und streichelte mir über den blutigen Hals. *Nun ist es wohl so weit, dass wir einander Lebewohl sagen müssen, mächtige Koh.*

*NOCH NICHT, AFFENKIND. NOCH IST DIE GILDE NICHT BESIEGT. IHR WERDET UNSERE HILFE WEITERHIN BRAUCHEN.*

*Zu viele Arashitora haben heute ihr Leben gelassen. Wir können unmöglich noch mehr von euch verlangen.*

*FREUNDE HELFEN EINANDER, ODER NICHT?*

*Freunde?*

Ich nickte. *FREUNDE.*

Rahh schnurrte. * *WENN DU UNS BRAUCHST, KOMM ZU UNS, KLEINER JUN. SOLANGE ICH KHAN BIN, IST SHIMA UNSERE HEIMAT. WIR BLEIBEN UND KÄMPFEN MIT EUCH!* *

Jun schlang die Arme um meinen Hals und drückte die Wange an mein Gefieder. Er hatte Tränen in den blinden Augen. Ich legte die Flügel um dieses kleine Affenkind, dessen Gedanken mir in meinem Kopf nun so willkommen waren wie meine eigenen. Was würde von mir übrig bleiben, wenn er fortging? Würde mir immer etwas fehlen, oder konnte ich wieder zu jener Donnertigerin werden, die ich vor unserer Begegnung gewesen war?

Ich schaute Rahh an, und er erwiderte meinen Blick aus leuchtenden Augen. Und da erschien es mir mit einem Mal möglich.

Hinter uns kam die Herrin Ami aus der Höhle, in der sie Zuflucht gesucht hatte. Sie hob eine Hand, um ihre Augen vor der blutroten Sonne zu schützen, und kam durch den wallenden Rauch den Hang herunter. Soldaten umringten sie. Durch den Wald aus Speeren und Schwertern erblickte sie Jun zwischen den Donnertigern. Das Grauen angesichts der vielen verstümmelten Toten war ihr deutlich anzusehen – und doch lächelte sie ihn an.

Er lächelte zurück, und seine Sehnsucht quälte auch mich.

*Dummer Junge,* dachte ich.

Denn inmitten der erschöpften und verwundeten Krieger, das aschgraue Gesicht mit dem trocknenden Blut des Bruders verschmiert, stand der Gemahl der Herrin, Tatsuya, der mächtige Bulle Shimas, siegreich und unversehrt. Die Herrin ging zu ihm, ihr ruiniertes Gewand gerafft. Vor ihm blieb sie stehen, bedeckte die Faust mit der flachen Hand und verneigte sich tief, den Blick gesenkt.

»Shōgun«, sagte sie.

Ringsumher taten die Soldaten es ihr nach. Tatsuyas blutverschmierte Siegerarmee. Die Überbleibsel von Rikus einst mächtigem Heer. Alle gemeinsam verneigten sie sich, Jun unter ihnen, und eintausend Münder sprachen dasselbe Wort.

»Shōgun!«

Ernst blickte der Herr der Tiger die Herrin Ami an. Und als er einen Arm um sie legte, sich zu ihr hinabbeugte und ihr einen blutigen Kuss auf die Stirn drückte, da brach dem armen Jun das Herz.

•••

Schau nun in deine schimmeligen Geschichtswerke, Affenkind. Hol deine staubigen Schriftrollen aus dem Regal. Lies alles über die glorreiche Kazumitsu-Dynastie, und dann sag mir: Was steht geschrieben über die Schlacht am Fuße der Vier Schwestern? Erwähnen die Gelehrten die Schlachtschiffe der Gilde? Den Sturmtänzer? Nein?

Und fragst du dich, wieso wohl nicht?

Einen Monat nach der Schlacht war am Hof des Shōguns Tatsuya eine trügerische Ruhe eingekehrt. Seine Thronbesteigung war eine kostspielige Angelegenheit gewesen: Er hatte eine goldene Tigermaske getragen, eine blutrote Seidenrobe und im Obi ein goldenes Daishō. Seine Gemahlin war neben der langen Schleppe hergegangen. Die Feierlichkeiten waren mit so viel Prunk und Zeremoniell wie möglich ausgerichtet worden – eingedenk des Umstandes, dass sie mit einer Bestattung zusammenfielen. Danach senkte sich eine dumpfe Stille über den Palast, und Tatsuya widmete sich ganz der Befestigung seiner Herrschaft.

Wie erwartet ließ der Shōgun Milde gegen die Gemahlin seines Zwillingsbruders walten. Die Herrin Mai, in deren Bauch das Kind ihres toten Gatten heranwuchs, residierte nun in einem ruhigen Winkel des Palastes. Die Herrin Ami nahm sich der Aufgaben an, die ihre neue Stellung mit sich brachte: Sie führte den Haushalt des Shōguns und empfing die Würdenträger der drei anderen Clans. Die wenige Zeit, die sie erübrigen konnte, verbrachte sie mit dem blassen, blinden Jungen, der wie ein Geist am äußersten Rand des Hofstaates verweilte, unsicher, ob er dort überhaupt etwas zu suchen hatte. Er war stets in Gesellschaft zweier Katzen anzutreffen, durch deren Augen er diese Welt erblickte, mit der er nicht viel anzufangen wusste.

Seit Tatsuya Shōgun geworden war, sah die Herrin Ami ihn nur noch aus der Ferne, immerzu von einer Traube Minister und Höflinge umgeben. Er hielt sie auf Distanz, und sie spürte die Kälte deutlich, die er ihr entgegenbrachte. Dennoch mühte sie sich, ihrer Rolle gerecht zu werden.

Beinahe fünf Wochen waren nach der Schlacht bei den Vier Schwestern schon vergangen, da fiel ihr ein Schriftstück in die Hände, dessen Inhalt sie erbleichen ließ. Zwei Stunden lang irrte sie auf der Suche nach ihrem Ehegatten durch die Korridore des Palastes und stritt sich mit Wachmännern, die sie abwimmeln wollten. Dann fand sie ihn endlich.

Er saß mit seinem Ministerrat und vier Gilden-Gesandten beisammen. Die Minister knieten an der langen Seite eines reich gedeckten Tisches. Sie lachten von einem Ohr zum anderen, und ihre roten Bäckchen glänzten. Ihnen gegenüber saßen die Gildenmänner in ihren surrenden Messingpanzern. Die kostbaren Schälchen und Teller, die vor ihnen standen, waren leer und unberührt. Der Herold warf sich auf die Knie, bat untertänigst um Vergebung dafür, dass er die erlauchte Runde störte, und kündigte schließlich die Herrin an. Die blicklosen roten Glasaugen der vier Lotusmänner richteten sich auf sie.

Der Shōgun trug eine goldene Atemmaske vor Mund und Nase, die dem brüllenden Maul eines Tigers nachempfunden war: Sie sollte ihn wohl vor den Abgasen schützen, die dieser Tage sogar durch den Palast zogen. Sein Kimono hatte die Farbe von Herzblut und war mit goldenen Tigern bestickt. Ein goldener Brustharnisch und dazu passende Schwerter vervollständigten das hochherrschaftliche Bild.

Er hob eine Augenbraue und erwiderte Amis brennenden Blick.

»Ehrwürdige Gemahlin. Was ist Euer Begehr?«

»Vergebt mir, mein Herr Gemahl.« Die Stimme der Herrin war so ausdruckslos wie ihr Gesicht. »Ich muss mit Euch über eine dringende Angelegenheit sprechen – sie duldet keinen Aufschub.« Sie hob eine Hand; darin hielt sie ein zusammengeknülltes Blatt Reispapier, auf dem noch das Siegel des Shōguns zu erkennen war. Ein Erlass.

Die versammelten Minister wandten sich ihrem Herrn zu. Die Miene Tatsuyas hatte sich verfinstert. Hohl und metallisch klang seine Stimme durch die Atemmaske.

»Seht Ihr nicht, dass ich mich mitten in einer Ratssitzung befinde?«

»Wie ich bereits sagte, hoher Herr«, erwiderte die Herrin. »Es handelt sich um eine Angelegenheit von *höchster* Dringlichkeit.«

Der Shōgun schaute in die Runde. »Wenn ich bitten dürfte.«

Ergebenes Gemurmel. Das Zischen und Wimmern von Kolben. Wispernde Seide. Dann erhoben sich die Minister und die Gilden-Gesandten wie ein Mann, verneigten sich vor ihrem

Herrn und ihrer Herrin und verließen das Zimmer. Die Herrin Ami starrte Tatsuya an. In ihren Augen brannten Tränen, doch der Zorn hielt sie zurück.

Gereizt sagte der Shōgun: »Ihr habt, so hoffe ich, guten Grund, die Ratssitzung zu …«

»Eure verfluchte Sitzung kümmert mich nicht, Tatsuya-sama!« Sie warf das zerknüllte Blatt Papier nach ihrem Gatten. »Reicht es nicht, dass Ihr Euer Ehebett meidet wie die Pest und Eure Gemahlin ohne Kind lasst? Müsst Ihr mich nun auch noch öffentlich demütigen?«

Tatsuya warf einen kurzen Blick auf das Papierknäuel auf seinem Schoß. »Ihr glaubt, ich wolle Euch demütigen?«

»Ihr wollt Mais Sprössling an Kindes statt annehmen!«, fauchte die Herrin. »Zu Eurem Erben machen!«

»Ja.« Tatsuya nickte knapp. »Falls es ein Junge ist. Zumindest solange ich keinen leiblichen Sohn habe …«

»Und wie im Namen der Götter wollt Ihr zu einem leiblichen Sohn kommen, mein Herr? Durch ein Wunder?«

»Das frage ich mich auch, geliebte Gattin«, antwortete der Shōgun. »Bei Hofe heißt es, Ihr seiet unfruchtbar und könntet mir gar keine Söhne schenken.«

»In den letzten drei Jahren habt Ihr mich kein einziges Mal in meinen Gemächern besucht!«

»Wie merkwürdig.« Nachdenklich betrachtete er sie. »So viele Gerüchte, aber dieses höre ich zum ersten Mal.«

»Was habe ich Euch getan?«, fragte sie. »Geringgeschätzt habt Ihr mich schon immer, doch nie habt Ihr mir vor aller Augen solche Schmach bereitet. Und damit nicht genug: Ihr haltet Rat mit Gesandten der Lotusgilde! Rache hattet Ihr geschworen! Habt Ihr bereits vergessen, dass die Gilde den Meuchelmord an Eurer Gemahlin in Auftrag gegeben hat?«

»Die verantwortlichen Gildenmeister sind für dieses unehrenhafte Vorgehen bereits zur Rechenschaft gezogen worden. Man hat mir ihre abgetrennten Köpfe überbracht. Dies ist meine Rache: Ich bringe sie schon unter meine Knute. Die Chi-Produktion untersteht fortan dem Shōgunat. In jeder Clan-Hauptstadt wird eine Raffinerie erbaut und unter Aufsicht meiner Beamten gestellt. Lange genug haben die Erfinder der Gilde unbewacht in der Wildnis an ihren Maschinen herumgetüftelt. Das ist vorbei. Nun wird auch noch der letzte Gildenmann lernen, wem er Treue schuldet!«

»Ihr wollt die Raffinerien der Gilde in unsere Städte holen?«, fragte die Herrin ungläubig. »Seid Ihr von allen guten Geistern verlassen?«

Tatsuya erhob sich. Seine Hand ruhte auf dem Griff seines goldenen Katanas, und sein Blick war nun so finster wie die schwärzesten Gewitterwolken. »Hütet Eure Zunge, geschätzte Gemahlin. Ihr sprecht zu Eurem Shōgun.«

»Und das Leiden, Herr? Die Rußlunge, die Eure Untertanen dahinrafft? Die Arashitora haben an Eurer Seite gekämpft, weil sie glaubten, Ihr würdet gegen die Gilde vorgehen! Ihr habt Jun Euer Wort gegeben!«

»Soweit ich mich erinnere, habe ich dem Tiersprecher gar nichts versprochen.«

»Dem Tiersprecher?« Die Herrin Ami runzelte die Stirn. »Er ist ein *Sturmtänzer,* Tatsuya-sama! Vielleicht der letzte, den es je geben wird!«

»Ach ja? Und wo ist dann sein Donnertiger?«

Ami antwortete nicht, sprachlos vor Unglauben und Wut.

»Im Hinblick auf jene, die mit Tieren sprechen können, hat die Gilde die heilige Schrift auf bemerkenswerte Weise interpretiert.« Tatsuya kam durchs Zimmer, und seine schweren

Stiefel dröhnten auf den Dielen. Vor seiner Gattin blieb er stehen und blickte auf sie herunter. Die schwarzen Augen über der goldenen Tigermaske waren kalt. »Im richtigen Licht betrachtet, lässt das Buch der zehntausend Tage wenig Zweifel daran, wie mit ihnen umzugehen sei.«

»Im ... richtigen Licht?«

»O ja.« Tatsuya nickte. »Das Buch beschäftigt sich auch mit Gemahlinnen. Dabei geht es um Fügsamkeit, Herrin. Den nötigen Gehorsam. Ich rate Euch, es zu studieren – vielleicht bewahrt Euch die Lektüre davor, noch einmal wie ein irrsinniges Bauernkind in eine meiner Ratssitzungen zu platzen.«

»Was ist nur in Euch gefahren, Tatsuya-sama? Wir waren einander oft uneins, aber nun ...« Die Herrin Ami schüttelte den Kopf. »Nun scheint es, als wärt Ihr ein gänzlich Fremder!«

Der Shōgun betrachtete sie über das Tigermaul mit den goldenen Zähnen hinweg. »Habt Ihr mich denn je gekannt, Herrin?«

•••

Sie fand ihn in den Gärten, auf seinen Kiefernholzstab gestützt. Er stand im Schatten eines verkrümmten Ahornbaums, dessen Blätter im blauschwarzen Dunst schlaff und grau herabhingen. Mit jedem Tag schien die Luft ein wenig schlechter zu werden. Am Himmel waren nun öfters Gildenschiffe zu sehen: Sie knatterten über Kigen hinweg und zogen dunkle Schwaden hinter sich her. In den Straßen hingen wie Nebel die Abgase der motorisierten Rikschas, und die Bettler hockten hustend in der Gosse. Das Wasser schmeckte nach Lotus. Das Essen. Alles.

»Jun-san.«

Er wandte sich nach ihr um, und sie sah, dass Tränen in seinen Augen standen.

»Oh, Jun-san ... Was fehlt dir?«

»Ich habe sie rufen gehört.« Er deutete tiefer in die Gärten hinein. »Da bin ich hergekommen. An Tagen wie diesem wollte ich, ich wäre wahrhaft blind.«

Ami sah Diener, die um einen hohen Stapel Bambuskäfige herumstanden. Darin drängten sich Spatzen in allen Farben des Regenbogens und piepten ängstlich. Die Diener holten einen zappelnden, schreienden Vogel nach dem anderen heraus und stutzten ihm die Flügel.

»Die Vögel, die früher in den Gärten genistet haben, sind alle fort.« Jun klang, als wäre seine Brust hohl und leer. »Die Diener sagen, die Herrin Mai hört sie gern singen. Deshalb hat der Shōgun Jäger nach Norden geschickt, um Spatzen zu fangen und herzubringen.« Er blickte sich in den verdorrenden Gärten um, als könnte er sie wirklich sehen. »Damit sie hier sterben. Singend.«

Er runzelte die Stirn und rieb sich die Schläfe. »Ich kann sie alle hören: die Spatzen, die Möwen; Katzen, Hunde und Ratten. Sie leiden, und es wird immer schlimmer. Ich kann es kaum aushalten ... So hätte es nicht kommen dürfen! Ich hätte die Welt doch *retten* müssen ...«

»Komm mit hinein, Jun-san.« Ami wagte es, ihn flüchtig am Ellenbogen zu berühren. »Komm mit mir.«

Er folgte ihr die Stufen zur Veranda herauf und in den Palast.

Nebeneinander gingen sie durch die breiten Flure. Juns Stock klickte über die polierten Dielen. Dienstboten verneigten sich ehrerbietig vor der Herrin, nicht jedoch vor dem Jungen – ihm warfen sie verstohlene Blicke zu. Seine Gegenwart verwirrte sie. Sie wussten kaum etwas über die Schlacht bei den Vier Schwestern, denn niemand erzählte davon. Die

Hofsänger dichteten keine Lieder auf den Sturmtänzer Jun, der ihrem Shōgun in großer Not zur Seite gesprungen war. Und so fragten sich die Diener, wer er nur war. Wie hatte er es zum Vertrauten der Herrin Ami gebracht? Wieso sah man sie so oft mit ihm? Wäre es nicht vielmehr ihre Aufgabe und Pflicht gewesen, dem Shōgun rasch Söhne zu gebären?

Die Herrin Ami und Jun schlüpften in einen leeren Dōjō voller hölzerner Übungspuppen, hölzerner Schwerter und hölzerner Rüstungen. Nichts als Attrappen, Lug und Trug – wie das Leben, das sie nun führten.

»Wir sollten nicht allein miteinander sein«, sagte er. »Es ist töricht.«

Zart strich sie ihm über die Wange und sah, wie er erzitterte.

»Ich vermisse dich«, wisperte sie. Sie schmiegte sich an ihn, ihr Verlangen wie eine offene Wunde. »Ich bin eine Närrin, das weiß ich ... Aber ich kann nicht vergessen, was zwischen uns gewesen ist!«

Jun tastete mit beiden Händen über ihr Gesicht, als wollte er sie auf diese Weise ansehen. Sie seufzte und schloss die Augen. Seine behutsamen Berührungen fachten ihr schmerzliches Begehren noch an. Ihr Atem bebte, als er über ihre Wimpern strich, ihre Lippen, ihre Kehle; schließlich warf sie die Arme um seinen Hals und suchte mit ihren Lippen seinen Mund; er zog sie an sich und hielt sie ganz fest. Wie er sie küsste! Götter, sie *wollte* ihn ...

Sie *brauchte* ihn.

Er war ihr Atem.

»Dann sind wir beide Narren«, seufzte er.

Sie streichelte durch sein Haar und lehnte sich ein wenig zurück, sodass sie ihm ins Gesicht schauen konnte. Sie schwamm in einem Meer der Lügen. Er allein war wirklich, alles andere nur Schattenspiel und Gaukelei.

»Irgendetwas stimmt mit Tatsuya nicht«, sagte sie leise. »Anstatt den Chi-Händlern zu Leibe zu rücken, verschwört er sich mit ihnen. Und wie er über dich spricht ...« Sie biss sich auf die Unterlippe. »Ich fürchte für dich, Jun. Du solltest lieber fortgehen, zurück zu Koh. Kehre diesem Schlangennest den Rücken!«

»Vielleicht habt Ihr recht. Hier fühle ich mich ständig beobachtet ... Ich spüre die Blicke, auch wenn ich sie nicht sehe.«

»Leihen dir Kinu und Sasayaki nicht ihre Augen?« Ami lächelte. »Die beiden sind immer nur bei dir! Ich habe die undankbaren kleinen Teufel seit Tagen nicht mehr zu Gesicht bekommen ...«

»Ich auch nicht.« Jun runzelte die Stirn. »Jetzt, da Ihr es sagt ...«

Kalter Schrecken durchfuhr Ami. Sie ließ Jun los. »Du glaubst doch nicht ...«

Jun legte ihr einen Finger auf die Lippen. Er neigte den Kopf, hielt den Atem an. Die Farbe wich aus seinen Wangen.

»Soldaten«, flüsterte er. »Sie kommen her. Viele.«

»Geh!«, flüsterte sie zurück. »Jetzt gleich! Rasch!«

»Was, wenn sie nicht hinter mir her sind?«

»Tatsuya würde mir nichts antun. Er würde es nicht wagen! Aber wie er über dich gesprochen hat ... Du musst von hier verschwinden, Jun! Sofort!«

Da lächelte er, und es brach ihr das Herz.

»Wisst Ihr nicht mehr? Es ist ganz unmöglich, dass ich heute den Tod finde.« Er zog die schmale Klinge, die sich in seinem Gehstock verbarg. »Wie es scheint, habe ich ja die Welt noch nicht gerettet ...«

Die Tür flog auf. Ein Dutzend Samurai in eisernen Ōyoroi kamen in den Dōjō gestampft, bewaffnet mit Streitkolben. Die Halbmasken ihrer Helme glichen Oni-Fratzen mit verzerrten Mäulern und Stoßzähnen, als wären sie geradewegs aus Yomi aufgestiegen, der tiefsten aller Höllen. Hinter ihnen standen vier Gildenmännern in ihren Panzern aus Messing und Leder. Sie hielten absonderliche Apparate in den Händen, die aus je einem bauchigen Behälter und einer Menge Röhren bestanden. Lange, glatte Läufe ragten aus dem Gewirr hervor. Irgendetwas schwappte leise.

»Kitsune Jun«, sagte der Hauptmann der Samurai. »Streck deine Waffe! Auf Befehl des Shōguns nehmen wir dich in Gewahrsam.«

»Weswegen?«, fragte die Herrin Ami scharf. »Was hat er denn verbrochen?«

»Unrein ist er!«, zischte einer der Gildenmänner.

Sie beachtete ihn gar nicht, sondern starrte weiter den Anführer an. »Kitsune Jun hat das Leben deines Shōguns gerettet, Hauptmann! Wäre er nicht gewesen, würden wir Tatsuya-sama zur Stunde betrauern. Vergelten wir einem Untertanen so seine Treue?«

»Ich befolge lediglich meine Befehle, hohe Herrin«, erwiderte der Samurai. »Demütigst möchte ich Euch bitten, Euch in dieser Angelegenheit an Euren Herrn und Gatten zu wenden.«

»Tollheit! Ich verlange …«

»Es reicht!«, summte der Gildenmann. »Setzt diese Missgeburt endlich fest!«

Der Samurai griff nach Juns Arm, aber der Junge wich drei Schritte weit zurück und hob die Klinge. Er hatte die Augen geschlossen und den Kopf auf die Seite geneigt. Ein sanftes Lächeln umspielte seine Lippen.

»Ich warne euch, ehrenhafte Krieger«, sagte er. »Stellt ihr euch gegen mich, so stellt ihr euch gegen die Götter selbst. So heißt es in der Prophezeiung meiner …«

Die Apparate der Gildenmänner zischten bösartig, und dann knatterten sie los.

Jun stieß Ami beiseite, und im nächsten Augenblick pfiffen Projektile zwischen ihnen durch die Luft: dünne Spritzen, gefüllt mit einer glänzenden schwarzen Flüssigkeit. Affenkind, Jun war mächtig in Bewegung: Er wirbelte, dass einem beim Zuschauen schwindelig wurde. Seine Klinge verschwamm, so rasch schlug er die Geschosse aus der Luft, eins, zwei, drei! Die Samurai umringten den Jungen, während er sich im Pfeilhagel wiegte und bog. Doch schon griff er an, wieselflink, durchtrennte einem Mann das Ellenbogengelenk und duckte sich hinter einen anderen, als die Gildenmänner erneut ihre Waffen abfeuerten. Die Nadeln der Spritzen trafen die Rüstung des Samurai, und es sprühten Funken.

»Haltet ein!«, schrie Ami gellend. »Ich, die Gemahlin des Shōguns, befehle euch: Haltet *unverzüglich* ein!«

Wieder schnellte Jun vor: Er stieß einem der Samurai die schmale Klinge über der Oni-Halbmaske ins Auge. Der Mann schrie und fiel auf die Knie. Jun sprang auf seine Schultern und von dort aus mit einem weiten Satz zwischen die Männer der Gilde. Seine Klinge peitschte durch die Luft und zog eine Spur roter Tropfen hinter sich her. Blut spritzte in willkürlichen Mustern an die Wände. Ein Gildenmann stürzte kreischend zu Boden, zwei weitere starben ohne einen Laut. Der vierte jedoch wich hastig zur Seite und gab eine letzte Salve aus seiner Waffe ab. Einer der merkwürdigen Pfeile traf den Jungen in die Schulter, und die Nadel drang ihm ins Fleisch.

Der Gildenmann mit seiner leeren Waffe hatte sich Ami auf Armeslänge genähert. Sie zog das Tantō aus dem Knoten ihres Obi und rammte ihm die Klinge in den Hals. Eine Flut warmen Blutes ergoss sich über ihre Hände, sprühte ihr ins Gesicht. Eine heftige Übelkeit befiel sie, als der Gildenmann zu Boden ging, die Hände vor die schreckliche Wunde gedrückt. Der Dielenboden war mit einem Mal glitschig unter ihren Füßen. Nie zuvor hatte sie einen Menschen getötet. Bei allen Göttern …

Keuchend drehte Jun sich zu den Samurai hin, die ihn bereits wieder zu umzingeln suchten. Er legte die Stirn in Falten und schüttelte den Kopf, als versuchte er, ihn klar zu bekommen. Blut tropfte von seiner Klinge. Er zog den Pfeil aus seiner Schulter. Schwankte.

Ami schrie, als die Samurai sich auf ihn stürzten.

Einen Augenblick lang konnte er sie noch abwehren. Ein letzter Samurai fiel unter seiner Klinge. Doch seine Schritte waren nun unsicher. Sein Kopf sank auf die Brust, die Schultern nach vorn. Bald hing das Schwert nur noch in seinem Griff. Ami wollte ihm zur Hilfe kommen, aber einer der Samurai stieß sie fort. Sie prallte so hart gegen die Wand, dass ihr der Atem stockte, und sie schmeckte Blut im Mund. Ein Streitkolben sauste auf Juns Schwertarm nieder; der Knochen splitterte, und Jun brach schreiend in die Knie. Seine Klinge rollte über die Dielen davon. Ein zweiter Schlag traf seinen Rücken, und er fiel aufs Gesicht. Jetzt waren die Samurai über ihm und hieben mit den Fäusten auf ihn ein. Ami bekam nicht genug Luft, um zu schreien; sie wimmerte nur. Jun regte sich nicht mehr. Sie fesselten seine Handgelenke mit eisernen Schellen, dann zerrten ihn zwei der Männer zwischen sich in die Höhe und schleppten ihn aus dem Dōjō. Seine nackten Füße schleiften durch die Blutlachen.

Ami blieb allein zurück, die Arme vor die Brust gezogen. Noch immer rang sie schwer nach Atem und starrte sein Schwert an, das am Boden lag. Nutzlos, wertlos, wie seine Überzeugung ... Seine Prophezeiung. Sein Glaube an das Schicksal.

Sie weinte, außer sich, und das Haar hing ihr wie ein zerlumpter Vorhang vors Gesicht. Schließlich kroch sie auf Händen und Knien durch das Blut, packte das Schwert und die Scheide und arbeitete sich auf.

Wie konnte Tatsuya das nur tun?

Tatsuya ...

Sie musste mit ihrem Gemahl sprechen ...

•••

Im Palast des Shōguns ist es dunkel geworden, Affenkind. Die Chi-Laternen verbreiten ein flackerndes scharlachrotes Licht in den Korridoren. Schatten tanzen. Schau! Siehst du, wer dort steht?

Den Mann erkennst du zuerst: Es ist der letzte Nachkomme der Kazumitsu-Dynastie, Sohn des edlen Satarō no Miya und Sieger der Schlacht bei den Vier Schwestern. Der absolute Herrscher des Inselreiches, der Shōgun Shimas. Unangefochten. Unantastbar.

Bei ihm eine schöne Frau: eine junge Witwe. Unter dem Herzen trägt sie ein Kind, in Liebe empfangen. Erst wenige Wochen ist es her, dass ihr Gemahl im Kampf gefallen ist, darum ist sie von Kopf bis Fuß in Trauerschwarz gekleidet.

Wie dicht sie beieinanderstehen! Sie stecken die Köpfe zusammen und raunen.

Die zweite Frau ist schwerer zu entdecken, Affenkind: Sie verbirgt sich in einer dunklen Wandnische. Siehst du sie? Dort, nicht allzu weit entfernt. Sie regt sich nicht, ist still wie eine Statue. Ihr Gewand ist blutbefleckt, das lange schwarze Haar verwirrt. Sie umklammert ein Schwert – so fest, dass ihre Fingerknöchel weiß hervortreten.

Sie beobachtet den Shōgun und die Witwe dabei, wie sie miteinander tuscheln. Entsetzen schnürt ihr die Kehle zu. Sie sieht ihn vor sich, nach der Schlacht, sein blutverschmiertes Gesicht. Erinnert sich an den sanften Kuss, den er ihr auf die Stirn gedrückt hat.

Die erste Berührung seit Jahren.

*Da hätte ich es schon wissen sollen.*

Jetzt ist sie sicher. Dennoch hat sie es mit eigenen Augen sehen müssen.

Die beiden zusammen.

Die Herrin Mai lächelt. Schelmisch.

Der Shōgun legt ihr die Hand auf den vorgewölbten Bauch.

Sie hebt das Gesicht, in Erwartung eines Kusses, und er nimmt die goldene Tigermaske ab. Und da endlich erkennt Ami ihn. Ja, er ist das perfekte Ebenbild seines Bruders. Und doch hätte sie es sehen müssen ...

Nicht der Bulle Shimas hat den Thron bestiegen.

Sondern der Bär, der die Haut des Bullen trägt.

*Was bin ich doch für eine Närrin!*

Und dann begreift sie noch etwas, und ihre Hand am Schwertgriff erschlafft. Leise zieht sie sich zurück.

*Niemand wird mir glauben.*

•••

Ich war nicht dort.

Ich habe nicht gesehen, wie sie ihn durch die aufgeregte Menge schleiften, wie Gildenmänner in Messingpanzern ihn zwischen sich festhielten, die blutroten Glasaugen ausdruckslos. Habe nicht die vier neu errichteten Steinsäulen auf dem

Marktplatz gesehen oder die Schaulustigen, die sich dort drängten, als würde ihnen ein herrliches Spektakel geboten.

Sie ketteten ihn an eine der Säulen. Dort stand er, der blinde Junge, die Augen weit aufgerissen in der Finsternis.

Gildenmänner in weißen Wappenröcken lasen laut aus einer uralten Schrift, zusammengeklaubte, kryptische Zeilen. *Unrein, unrein, unrein.* Ich war nicht dort. Habe nicht gehört, wie sie eine neue Ordnung ausriefen. Doch ich weiß, dass der Beschluss, den sie hochhielten, mit dem Siegel des Shōguns versehen war. Nichts als Lügen waren ihre Worte, Rechtfertigungen für jene Gräueltaten, denen ihr Affenkinder so zugeneigt seid.

Flammen fauchten aus den Mündungen an ihren Handgelenken, und die Reisigbündel und Scheite unter seinen Füßen begannen zu knistern.

Ich habe es nicht gehört.

Habe nicht gehört, wie er schrie.

Nicht das bratende Fleisch gerochen, das brennende Haar, die verkohlenden Knochen.

Auch habe ich nicht die Überreste berührt, als gnädigerweise alles vorüber war.

Nicht die Asche auf der Zunge geschmeckt.

Denn ich war nicht dort.

Habe nichts gesehen, gehört, gerochen, gespürt oder geschmeckt. Nein, ich war nicht Zeugin.

Woher ich es dann weiß?

Dummes Affenkind.

Der Tod hat es mir erzählt.

•••

Neunundneunzig Jahre waren seit der Gründung der Kazumitsu-Dynastie ins Land gegangen, da kam zu Beginn eines heißen Sommers eine zweiundzwanzigjährige Frau auf den höchsten Gipfel der Vier Schwestern gehinkt.

Nicht das spektakulärste Ende, das gebe ich gern zu. Niemand wird deswegen aufspringen und wie wild applaudieren. So sollte eine Heldensage nicht aufhören. Und ich brauche dir gar nicht zu erzählen, wie gewaltig das Gebirge war, wie weit und beschwerlich die Wanderung dorthin oder dass es im Tal manchmal Samurai regnete.

All das weißt du schon.

Die junge Frau trug Schwarz. Eine Schutzbrille aus dunklem Glas. Über den frisch geschorenen Kopf hatte sie sich eine schwere Kapuze gezogen.

Und doch erkannte ich sie.

Ich ruhte zur Rechten Rahhs, auf dem Sitz des Khans. Unsere Späher hatten die Ankunft der jungen Frau verkündet. Rahhs Schwanz peitschte agitiert durch die Luft. Ich schmiegte mich an ihn. Noch immer glommen schwach die Kohlen meiner ersten Hitze, und er war es, den ich zu meinem Gefährten erwählt hatte.

Wir lieben nicht wie ihr, Affenkind.

Doch das bedeutet nicht, dass wir nicht lieben.

Ein Sommergewitter braute sich über uns zusammen. Die dunklen Wolken versprachen kühlen Regen: Er würde den Rauch fortwaschen, der immerfort von den Narben der Affenkinder aufstieg. Donner grollte wie das Lachen unseres Vaters. Ein elektrisches Kribbeln überlief uns. Der Geschmack unserer Heimat.

Und hier nun die Herrin Ami, am Hof meines Khans. Allein. Ich war verwirrt: Wo war Jun? Warum war er nicht bei ihr? Eine leise Furcht beschlich mich.

»*Koh?*« Rahh schaute zwischen mir und der Herrin hin und her. Knurrte tief in der Kehle.

*»Sei unbesorgt, mein Khan«*, sagte ich. *»Ich finde heraus, was das zu bedeuten hat!«*

Ich sprang in den Schnee und trat vor die Gemahlin des Shōguns. Sie schnatterte nicht los, versuchte nicht, mir zu erzählen, was geschehen war. Stattdessen holte sie unter ihrem schmutzigen Reisemantel einen dünnen Stab aus poliertem Kiefernholz hervor und zog ihn auseinander. Auf der verborgenen Klinge klebte getrocknetes Blut. Am Griff ebenso.

Sein Blut.

*»Koh?«*

Die Herrin griff in ihren Obi, zog einen schwarzen Stoffbeutel hervor, schnürte ihn auf und drehte ihn um: Graue Flocken fielen heraus! Der Wind wirbelte sie auf und blies sie uns in die Gesichter, ihr und mir. Ich riss die Augen weit auf. Asche, begriff ich.

Seine Asche.

*Nein …*

Da knurrte ich, Affenkind. Ich konnte gar nicht anders: Das Knurren stieg in mir auf wie Lava, brodelnd und glühend. Mein ganzer Leib bebte. Doch es war nicht genug, und so riss ich den Schnabel auf. Mein Gebrüll brachte den Berg selbst ins Wanken. Es hallte von den umliegenden Hängen wider. Solch ein Brüllen konnte Lawinen auslösen, konnte große Brocken Eis abbrechen und in Felsschluchten stürzen lassen. Ich stieg auf die Hinterbeine und streckte die Greiffüße nach etwas aus, was ich packen und wie einen Sack voller Blut und Knochen schütteln konnte …

*»Sie haben Jun umgebracht!«* Ich wirbelte zu Rahh herum, und meine Augen sprühten Funken. *»SIE HABEN IHN UMGEBRACHT!«*

Rahh sträubte Fell und Gefieder. Er grub die Klauen in den Felsen, zermalmte ihn zu Staub. Spannte die Flügel weit auf. *»Dann sind sie des Todes! Jun war dein Freund. Dein Bruder. Wir rächen ihn!«*

Und er stieß einen langen, durchdringenden Ruf aus: einen Kriegsschrei. Jedes Männchen sollte sich in die Lüfte schwingen, Blut vergießen und jene das Fürchten lehren, die ...

»Nein«, sagte ich.

Er legte den Kopf schief. *»Nein?«*

Ich knurrte noch immer. Konnte nicht aufhören. *»Alle Affenkinder sind blind, Rahh. Blind! Der Affen-Khan hat geschworen, dem Leiden ein Ende zu setzen, die Seuche auszumerzen. Und doch wird der Himmel immer röter, die Sonne immer greller, der Rauch immer dichter! Belogen haben sie uns. Sie glauben, wir sind bloß dumme Tiere! Und wenn wir bleiben? Wenn wir uns dieser Gilde entgegenstellen, obwohl ihr Khan es nicht tut? Dann sind wir tatsächlich dumm.«*

*»Ich habe mein Wort gegeben«*, sagte Rahh. *»Und das Wort des Khans ist Gesetz!«*

*»Die Arashitora verlassen Shima. Wir kämpfen nicht!«*

*»Du kämpfst nicht! Männchen kämpfen, Weibchen brüten. So gehört es sich.«*

*»Unsinn!«*, fauchte ich.

*»Fängst du wieder damit an? Sprich nicht so! Ich bin dein Khan, und das Wort des Khans ist Gesetz. Du musst mir gehorchen!«*

Die Männchen scharten sich um uns, kamen aus allen Richtungen herbei. Das Brausen ihrer Flügel rollte wie Donner über den Himmel. Ich erinnerte mich daran, wie ich mit Jun auf dem Rücken geflogen war. An jene kurzen, wertvollen Tage der Freiheit. Alles war möglich gewesen. Wir hätten die

Welt retten können, nur er und ich. Das war unser Schicksal gewesen.

Dann blickte ich auf die Asche nieder, die im Schnee verstreut lag. In das grau bestäubte Gesicht der kleinen Affenkind-Frau, die so tief verletzt, so verloren war wie ich selbst. Wie ich sie verabscheute! Sie und ihre ganze elende Art! Die Gier, die Blindheit, den Stolz. Ihren Glauben, ihre Träume und ihre törichte Hoffnung. Ich verabscheute alles an ihnen. Sie verdienten es, elend zugrunde zu gehen. Zu leiden. Unter dem Leichentuch zu ersticken, das sie selbst gewebt hatten.

Jun war tot, die Prophezeiung seiner Großmutter eine Lüge. Diese Inseln waren verloren.

Weshalb im Namen aller Götter sollte ich die Meinen und mich selbst dazu verdammen, hier zu bleiben?

*»Ich fordere dich heraus«*, knurrte ich.

Rahh starrte mich an. *»Was sagst du da?«*

*»ICH FORDERE DICH HERAUS!«*

*»Unfug. Weibchen fordern nicht heraus. Weibchen kämpfen nicht, Weibchen …«*

Ich ließ ihn nicht ausreden, hörte mir gar nicht erst an, was sich in seinen Augen noch alles nicht gehörte. Stattdessen brüllte ich und warf mich mit gesträubtem Gefieder und ausgebreiteten Schwingen auf ihn. Wir prallten zusammen wie Gewitterwolken. Gelenke krachten, wir fauchten, Blut spritzte auf Felsgestein. Ineinander verkeilt stürzten wir, überschlugen uns wieder und wieder in der Luft, knurrten und geiferten. Er wollte sich losreißen, brüllte, ich solle aufhören, mich zusammennehmen, *nachdenken.*

Aber ich konnte nicht denken. Nicht fühlen. Nicht atmen.

Auf meiner Zunge Blut.

Vor meinen Augen ein roter Schleier.

In meinem Herzen Zorn.

Hier sind wir wieder, kleines Affenkind. Zu guter Letzt schließt sich der Kreis.

Ich stieß hinab, und der Wind peitschte mir in die Augen. Die Flügel hatte ich angelegt; kleine, verästelte Blitze zuckten knisternd über meine Federn. Den Schnabel weit aufgesperrt, kreischte ich so laut und schrecklich wie das Unwetter selbst. Immer wieder flammte der düstere Himmel grell auf. Hinter mir zogen sich schwarze Wolken zusammen. Unsere Greiffüße verschränkten sich. Mein Freund. Mein Feind. Unser Gefieder war bereits rot gesprenkelt, einzelne Federn flatterten hinter uns her. Wir hackten nacheinander, krallten, fauchten, schnappten. Stürzten.

Die Berge sprangen uns entgegen. Aus Nebel und Rauch stakten ihre zerklüfteten Spitzen hervor. Wie schneebedeckte Fangzähne sahen sie aus, die uns in Stücke reißen würden. Dennoch rangen wir weiter: Mein Zorn und mein Hass ketteten uns aneinander. Weder er noch ich waren willens, voneinander abzulassen. Erst im letzten Moment kämpfte er sich in einem Schauer von Blut frei. Ich breitete die Schwingen aus, der Wind packte sie und zerrte daran. Nur gedämpft spürte ich die Wunden, die er mir geschlagen hatte. Stets waren wir einander ebenbürtig gewesen. Auch früher schon, als wir noch beide Nestlinge gewesen waren und blassgrau die Streifen in unserem Fell. Wir waren nicht verwandt. Und doch war er mein Bruder.

Und nun mein Feind.

Im wispernden Schneeregen umkreisten wir einander. Er rief, seine Stimme laut wie der Gewittersturm, und mein Blut färbte seinen Schnabel.

*»Koh, hör auf! Das ist doch heller Wahnsinn …«*

*»Es kann nur auf eine von drei Weisen enden«*, knurrte ich zwischen zwei Donnerschlägen.

*»Ich bin der Khan!«*, brüllte er. *»Und das Wort des Khans ist Gesetz!«*

*»Dann töte mich!«*

*»Niemals!«*

*»Dann stirb!«*

Durch den Sturm schoss ich auf ihn zu. Ringsherum herrschte Chaos: Unsere Rudelgefährten auf den Berghängen und Felsspitzen kreischten, riefen durcheinander und wandten keinen Blick von dem Drama, das sich hier am Himmel abspielte. Wie brennende Kometen prallten wir aufeinander. Ich schlug meine Klauen in seinen Leib, er riss an meiner Schulter. Blut spritzte, röter als die elende Sonne, und wir knurrten, kreischten, jaulten. Blitze fuhren zischend herab, seine Augen glommen in ihrem kalten Licht. Wieder stürzten wir auf die steinernen Reißzähne zu. Sein Schnabel schloss sich um meine Kehle und meiner um seine.

Mein Freund. Mein Feind. Mein Khan.

*»Lass es gut sein!«*, knurrte er.

*»Nein! Wir bleiben nicht hier! Du sollst nicht für sie sterben. Ich will nicht für sie sterben. Und auf keinen Fall will ich, dass unsere Jungen sterben!«*

Stille. Sie dehnte sich aus, bis es schien, als dauerte sie Jahre.

*»Was?«*, fragte er endlich.

*»Ich lasse nicht zu, dass wir alle hier verenden!«*

*»Du trägst Leben in dir?«*

*»Deine Jungen, Rahh. Unsere Jungen.«*

Unter uns der Boden, jetzt so nah, dass wir die Felsspalten sehen konnten, die wie Mäuler voller spitzer schwarzer Zähne klafften.

»Wofür willst du kämpfen? Für eine Heimat, in der ich sie tot auf die Welt bringen kann?«

Er schaute mir in die Augen. Ich erwiderte seinen Blick fest.

»Sollen sie wimmernd in ihren Eiern sterben, weil die Schalen zu dünn sind, um sie zu schützen? Die Affenkinder sind es nicht wert, Rahh.«

»Aber ich habe es geschworen!«, rief er. »Das Wort des Khans ist Gesetz!«

Gleich würden wir aufschlagen.

»Dann will von nun an ich der Khan sein«, sagte ich. »Und mein Wort ist Gesetz!«

Brüllend breitete er die Schwingen aus, ein Kraftakt im freien Fall. Er entriss uns dem mörderischen Griff der Schwerkraft und rollte sich mit mir durch die Luft – ganz wie ich es ihm beigebracht hatte, als wir jung gewesen waren. Dann kollidierten wir mit dem Berg, er zuerst, mit dem Rücken voran, ich an seiner Brust. Der Aufprall raubte uns den Atem und presste mich gegen ihn. Der tiefe, über Jahre gefallene Schnee knirschte, und darunter brachen Eis und Schiefer. Eine Weile lang waren wir benommen, doch schließlich stemmte ich mich auf die Vorderbeine. Rahh lag unter mir, die Flügel ausgebreitet, die Kehle entblößt. Meiner Gnade ausgeliefert.

Die anderen Arashitora kamen vom Gipfel herabgesegelt und sammelten sich um uns. Sie stießen erschrockene, furchtsame Laute aus. Der Khan, besiegt von einem Weibchen? Nie zuvor war so etwas geschehen. Was konnte das bedeuten? Was würde daraus folgen?

Eins musst du verstehen, Affenkind: Der Titel des Khans wird weder verliehen noch vererbt – man muss ihn sich erobern. Mit Blut erkaufen. Wollte ich der neue Khan sein, musste ich den alten töten. Rahh wusste das. Meine Herrschaft würde mit seinem Tod beginnen. So wollte es der Brauch.

Aber unter mir würde es anders werden.

*»Es sind schon zu viele Arashitora gestorben, und wir sind nur noch so wenige. Ich werde dich nicht umbringen, Rahh!«*

Ich stieß ein mächtiges Gebrüll aus, das von den Bergen widerhallte und über den Himmel donnerte. Der Geist meines Großvaters schwebte neben mir in der Luft.

*»Arashitora töten keine anderen Arashitora – nie wieder. Das Wort des Khans ist Gesetz!«*

Rahh rappelte sich auf, blutig und zerschunden, und schüttelte den Schnee aus seinem Fell. Wir keuchten beide, und Dampfschwaden stiegen zwischen uns auf. Donner grollte in den Wolken. Die anderen starrten uns mit großen Augen an, den Kopf schief gelegt und das Nackengefieder gesträubt.

Dann senkte Rahh ehrerbietig das Haupt vor mir. *»Das Wort des Khans ist Gesetz.«*

Ich blickte in die Runde, und Zorn loderte in meiner Brust. *»Wir bleiben nicht hier. Wir kämpfen nicht mit den Affenkindern zusammen. Warum sollten wir ihnen helfen? Sie helfen sich ja selbst nicht! Stattdessen zerstören sie alles: Schönheit, Reinheit …«*

*»Geht es dir wirklich darum?«*, fragte Rahh mich leise. *»Und nicht eigentlich um ihn?«*

Ich knurrte. In gewisser Weise hatte er recht … Aber die Wahrheit lag tiefer.

*»Es geht mir um uns!«*

In meinem Bauch spürte ich bereits unsere Jungen. Welche Zukunft erwartete sie hier? Unter der grellen blutroten Sonne, die auf Messingpanzern glänzte, im giftigen, wabernden

Rauch? Ich wollte ein besseres Leben für sie. Für uns alle. Wo wir es finden würden, wusste ich noch nicht. Vielleicht im Norden – dorthin waren die Drachen geflohen.

Eine neue Heimat. Eine ungewisse Zukunft. Aber wenigstens würden unsere Jungen Luft bekommen, wenn sie schlüpften.

Rahh schmiegte seine Wange an meine.

»*Ja*«, sagte er. »*Wir sorgen für die Unseren.*«

•••

Wir brachten die Herrin Ami nach Hause, in die Lande des Kitsune-Clans. Sie ritt auf meinem Rücken, das letzte Affenkind, das ich je tragen würde. Unter uns breiteten sich die Inseln aus, die einst unsere Heimat gewesen waren – blutrot. Unverwandt schaute ich hinab und sah, wie der dichte Smog aus den Narben hervorquoll. Langsam, aber unaufhaltsam kroch er in die fruchtbaren Täler. Ein schleichender Ruin. Selbst damals gab es bereits hier und da hässliche schwarze Flecke auf den Feldern, die wuchern wollten. Wuchern würden.

Die Herrin Ami sah kein einziges Mal nach unten, hielt den Blick starr auf den Horizont gerichtet. Auf ein Morgen, das es – trotz alledem – immer noch geben mochte. Eine Hand ruhte auf ihrem Bauch.

Es war, wie er gesagt hatte: Am Rand eines raunenden Waldes, am Ufer eines hellen Bachs stand ein Dorf, und in dem Dorf ein strohgedecktes Häuschen mit einer windschiefen Tür. Auf Gestellen davor hingen Tierfelle. Eine alte Frau und ein alter Mann kamen heraus, beide braun gebrannt und verrunzelt. Die Jahre hatten die Frau gebeugt, und sie war beinahe blind. Der Mann war groß gewachsen und drahtig. Noch immer beseelte ihn der Geist eines Jägers: Er griff nach seinem Speer und ließ mich nicht einen Moment aus den Augen, während ich landete.

Die Herrin Ami glitt von meinem Rücken und sank vor mir auf die Knie. Wir konnten nicht miteinander sprechen, aber sie wusste, dass wir uns nie wiedersehen würden. Tränen standen ihr in den dunklen Augen. Sie hielt mir die leeren Hände hin, die Handflächen nach oben gekehrt. Lächelte mich mit blutleeren, zitternden Lippen an.

Doch ich schmeckte immer noch Asche auf der Zunge, schmeckte den Tod, den ihr Affenkinder selbst herbeigerufen habt. Damit er euch findet, habt ihr ihm einen Weg aus roten Blütenblättern gestreut. Und so wandte ich mich ab und schwang mich in die Luft. Flog davon, zusammen mit meinem Gefährten und meinem Rudel. Wir kehrten euren Prophezeiungen den Rücken, euren schicksalhaften Fügungen, eurer Gier und eurer Blindheit. Stattdessen schauten wir nach vorn: in eine Zukunft, die noch nicht feststand. Die wir selbst bestimmen würden.

Wir blickten nicht zurück.

Arashitora leben lange, Affenkind, viele Jahre, und meine waren gut. Ich habe sie an einem Ort verbracht, an dem unermüdlich der Sturm tobt. Unser Vater Raijin schlägt dort mit der Wildheit eines Gottes auf seine Trommeln ein. Wir waren glücklich: Unsere Jungen sind nicht unter eurem roten Himmel verkümmert, sondern groß und stark geworden. Die Arashitora haben überlebt. In Shima wären wir zugrunde gegangen. Und als Rahh mich verlassen hat, als er für immer eingeschlafen ist, war ich bei ihm und konnte meine Flügel um ihn legen.

Meine Streifen sind nun grau geworden. Ich gebe zu: Im Alter habe ich oft mit Bedauern zurückgedacht. Ich wollte, ich hätte Jun retten können. Wollte, sein Schicksal hätte sich erfüllt und die Weissagung seiner Großmutter hätte sich bewahrheitet: dass dereinst ein Spross ihres Geschlechts gemeinsam mit einer Armee aus Donnertigern Shimas Untergang abwenden werde.

Doch das war nur ein hoffnungsvoller Traum gewesen, weiter nichts.

Zumindest glaubte ich das, Affenkind, und zwar eine lange Zeit. Denn ich wusste nicht, was ich nun weiß.

Ich wusste nicht, dass Jun und Ami einander in jener Nacht inmitten der wogenden Lotusblüten in die Arme gefallen waren. Dass die Herrin einen Sohn gebären sollte, der zu einem guten, gesunden Mann heranwuchs, ein Jäger wie sein Urgroßvater. Und *sein* Enkel würde nicht nur sein Handwerk erlernen, sondern auch mit Juns Gabe gesegnet sein.

Er würde sie seiner Tochter vererben.

Nichts davon wusste ich, Affenkind. Aber jetzt weiß ich es. Jetzt kenne ich den Namen jenes Mädchens.

So wie du auch.

Hier liege ich und schaue in den ewigen Sturm, der über der nachtschwarzen See tobt. Der Wind heult mir ein Wiegenlied, alt wie die Sterne. Er singt von einer Zeit, da mir die Glieder nicht so schwer waren. Damals flog ich frei dahin, einen Jungen auf dem Rücken, leicht wie eine Feder, und wenn wir in den Sturzflug gingen, sprang seine wilde Freude auf mich über.

Nun endlich kenne ich die Wahrheit. Kenne sie so gut wie meine eigenen Kinder, wie deren Kinder, die dort oben über den Gewitterhimmel tollen.

So gut wie mich selbst.

Ich schließe die Augen und weiß: Jun war nicht der letzte Sturmtänzer.

Woher, fragst du?

Dummes Affenkind.

Der Tod hat es mir erzählt.

**cross**
**×Cult**

Weitere Informationen
zum Verlagsprogramm:
**www.cross-cult.de**